# No habrá primavera en abril
## (NOVELA)

Luis Alejandro Polanco

©Luis Alejandro Polanco, 2013

Primera edición, septiembre 2013
Segunda edición, enero 2025

**Pasadizo Inc.**
Centro Internacional de Mercadeo
Torre 1, Oficina 611
Guaynabo, PR 00962

Correo electrónico del autor: arqlpolanco@hotmail.com

Editor: Emilio del Carril

Correctores: Emilio del Carril, Milagros González, Awilda Cáez
y Dolores Carreras

Concepto artístico: Emilio del Carril

Diagramación, portada y contraportada de Ingrid Sánchez
ingrid.rebeca@gmail.com

Fotografía del autor: Willie Sepúlveda

Foto de portada: © Bigevil600/dreamstime, © Zdenkam/dreamstime

ISBN: 978-0-9791650-9-2

*A mi gran amigo Timothy McVeigh*

# Índice

# PRIMERA PARTE

## La caída de los inocentes

# I

*Tenemos que arrepentirnos en esta generación, no tanto de las malas acciones*
*de la gente perversa, sino del pasmoso silencio de la gente buena.*
Martin Luther King

Lo vi por primera vez cuando llegué a la planicie. No sabía quién era. Estaba sentado sobre el bonete de su automóvil y junto a él había pequeños adhesivos impresos con diversos mensajes antigubernamentales clasificados por grupos. Me acerqué para leer una de las pegatinas, pero una joven de unos veinte años que cargaba una libreta y una cámara fotográfica colgada en el antebrazo agarró la propaganda y la leyó en voz alta:

—Un hombre con un arma es un ciudadano, un hombre sin arma es un súbdito —suspiró y acomodó la cámara que se le rodó al sujetar el impreso—. Así es, ¡la compro!

Me pareció que la muchacha la adquirió no porque le interesara lo que pudiera decir el pedazo de papel; intuía que ella buscaba algo más. En realidad imaginé que la chica de tez blanca se había acercado al carro en busca de compañía; a muchas personas les gusta asistir a manifestaciones con el propósito de entablar una amistad. Mi corazonada se confirmó, pero fallé en la intención que la joven tenía. Ella se presentó al vendedor como estudiante de periodismo de Southern Methodist University en Dallas. Escribía un artículo sobre el asalto a la sede de los davidianos y buscaba un ángulo diferente para su historia.

—¡Creo que aquí lo encontraré! —dijo muy entusiasmada arreglándose la diadema que adornaba su cabello oscuro—. Soy Michaela Rose —y le extendió la mano; él contestó con timidez.

Me acerqué un poco más, hasta donde me lo permitió la discreción. Fingía que revisaba cada grupo de pegatinas. Por eso no puedo indicar con precisión lo que veía, pues mis ojos se cegaron paulatinamente mientras mis oídos se agudizaron. Así pude escuchar a perfección la entrevista.

Se llamaba Timothy McVeigh, había servido como marine en la guerra del Golfo, fue condecorado con la Estrella de Bronce y la Insignia de Combate de la Infantería por avistar una trinchera iraquí y volarle la cabeza a un soldado enemigo. Qué ironía, a unos los premian por matar y a otros, por lo mismo, los juzgan y condenan. Para ese entonces, él rechazaba las acciones del gobierno, por esta razón llegó hasta aquí para apoyar a los sitiados. Se oponía a la manera en que los federales manejaron la redada inicial del veintiocho de febrero en la que murieron siete miembros de la secta de los davidianos y cuatro agentes del Negociado de Alcohol, Tabaco y Armas de Fuego. Opinaba que hubiera sido más apropiado que el alguacil trajera una orden de arresto. Hablando calmadamente, se quitó la gorra y deslizó los dedos por la cabeza tratando de peinarse el pelo corto. Quedé sorprendido cuando observé su semblante de niño. Su mirada azul se entrecruzó con la mía y me pareció que me reflejaba en un espejo. Tendría un poco más de seis pies de alto, delgado, rubio y de mentón pronunciado, al igual que yo. La gorra volvió a tapar su frente ancha. Según mi opinión, me parecía mucho a ese tal Timothy o, por lo menos, así era que me soñaba; pero, en realidad, era la antítesis de McVeigh. Para qué seguir engañándome si mis grandes complejos han sido la calva cada día más pronunciada que siempre ocultaba con una gorra de béisbol, el sobrepeso y la baja estatura. Por esta última razón me gustaba usar botas para ganar al menos dos pulgadas. ¡Ah!, era en el uso de las gorras que nos igualábamos, pero tampoco; la de él era de camuflaje y la mía, del equipo de las Panteras de Carolina del Sur.

Recuerdo en una ocasión, en la escuela superior, que alguien me dijo que tenía cierto parecido con otro estudiante. Me puse furioso y juzgué al compañero como insignificante; realmente no encontré semejanzas a pesar de tener la nariz ancha igual a la mía; por lo menos, así lo percibió mi ego. Yo era único e irrepetible, me decía sin cesar para subir mi autoestima que siempre vagaba entre los escombros de mis inseguridades. Entonces, ¿por qué querría parecerme a un tipo con camisa de manga larga a cuadros que ni siquiera conocía? Quizá lo consideraba un héroe, ya que tuvo la osadía de matar a un hombre sin que en su rostro se reflejara la huella de un crimen y me gustaba su modo de pensar porque mostraba imparcialidad de juicio.

De todo lo que me rodeaba, lo que más me atraía era la belleza de Michaela. Tenía unos rasgos orientales casi imperceptibles que la hacían diferente al resto de las chicas que circulaban por los predios. Me seducía el aroma a talco que emitía su cuerpo cuando estábamos cerca y, si no me equivocaba, usaba el perfume Flower de Kenzo. Pensar que la juzgué y, sin embargo, el que estaba sin amor y en la búsqueda de compañía o protección, era yo. Habría dado la vida para que ella se fijara en mí y me hubiera llevado consigo. Fue tanto el ensimismamiento que, por un momento, no pude seguir el hilo de la conversación. Eso me pasaba con frecuencia, cualquier cosa me distraía al punto de enajenarme.

—¿Qué haces aquí? —dijo Michaela trayéndome de vuelta al escenario. Giré la cabeza y noté que era a mí a quien hablaba.

—Pues, creo… —titubeé, pero rápido pude organizar una oración con sentido lógico; jamás le diría que yo era parte de la secta—. Lo mismo que ustedes, apoyar al reverendo David Koresh y repudiar los atropellos de los federales.

—Ellos no tuvieron ninguna consideración —manifestó Timothy, señalando hacia los agentes del Departamento de Alcohol, Tabaco y Armas de Fuego, con un tono más enérgico—. Parece que esperaban una oportunidad para poner en función sus juguetes pagados con dinero del gobierno.

La estudiante me miró de reojo y preguntó si iba a acampar allí. Le contesté que no, pero me dio curiosidad por saber por qué me lo preguntó.

—Por la mochila —respondió.

Se me había olvidado que la traía en la espalda y en ese

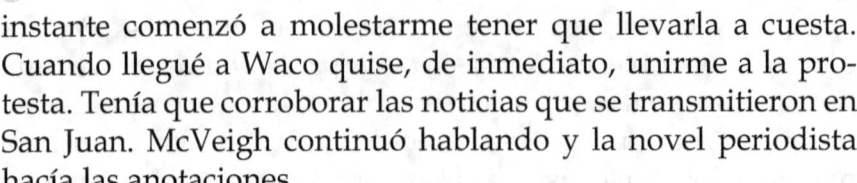

instante comenzó a molestarme tener que llevarla a cuesta. Cuando llegué a Waco quise, de inmediato, unirme a la protesta. Tenía que corroborar las noticias que se transmitieron en San Juan. McVeigh continuó hablando y la novel periodista hacía las anotaciones.

—El gobierno tiene miedo de las personas armadas porque quiere tener el control de la ciudadanía todo el tiempo —Michaela leyó lo último que escribió—. ¿Está correcto? —la expresión sonaba a una de las consignas de la pegatina.

—Sí, señorita Rose —contestó Timothy y continuó con la entrevista—. Una vez les quitas las armas, puedes hacer cualquier cosa con la población. Les das una pulgada y ellos cogen una milla. Creo que a paso lento nos estamos convirtiendo en un gobierno socialista.

La gente iba y venía, se asomaba al carro, leía la propaganda política y, si le interesaba alguna, pagaba el precio establecido: un dólar. Timothy entabló una conversación amena con la joven; estaba bien versado en lo que eran sus creencias. Yo seguía adherido al carro como si fuera una de las pegatinas en venta; callado, casi transparente. Me imaginé que si le decía a la periodista que era miembro de la secta, el que habría pasado desapercibido hubiera sido el guerrero del Golfo. Me preguntaba por qué tenía que estar escuchando la opinión de ese soldado, por qué no continuaba la marcha y me unía a la manifestación que se había formado minutos antes a la vera de la carretera, por qué no había echado un vistazo al horizonte para ver si alcanzaba a distinguir el complejo donde se encontraban las personas que habían convivido conmigo en los dos últimos años o por qué, desde que llegué, no había hecho una plegaria al Altísimo por la liberación de los cautivos. Todo era un por qué sin respuesta; mi mente estaba nublada.

—¡Por favor, tómame una foto con él! —dijo Michaela en un tono muy alto.

Le comentó a McVeigh que quería la fotografía para evidenciar su artículo. Me extrañó que alzara tanto la voz si estábamos casi uno al lado del otro. Nuevamente era el centro de su atención, sabía que la estudiante me necesitaba. También la primera vez que me habló se interesó en mí, pero fui parco en la contestación y pienso que por eso no me abordó más. Aunque creo que un periodista no puede prescindir de la gente; las noticias se hacen por nosotros y para nosotros. Sacó la cámara del estuche de cuero que colgaba del antebrazo. Cuando extendí la mano para que me pasara el aparato, se lo entregó a una muchacha de piel oscura que estaba detrás de mí. No me percaté de su presencia, pues llegó en ese instante. Sentí vergüenza y comprendí la razón que tuvo Michaela para levantar la voz. Sospeché que Timothy se dio cuenta de mi confusión porque me sonrió y su gesto delataba burla. La tez se le tornó rojiza, no sabía si por la reacción que le ocasionó el desplante o porque le afectaba el exceso de los rayos ultravioletas.

Bajé la cabeza y me volteé despacio hasta que le di la espalda a él, a la periodista y a su amiga. Vagué por los predios, pero el peso que traía en la espalda me fatigaba. Encontré una silla plegadiza de metal frente a una de las muchas casas de campaña y decidí sentarme un rato hasta que el dueño la reclamara. Me llamó la atención la cantidad de carteles con diferentes mensajes: unos estaban a favor de los davidianos, otros en contra del gobierno, algunos contenían mensajes religiosos subliminales y los menos exhortaban a la cordura. El más grande de todos decía al final: ¿Cuál es la marca de la Bestia? Realmente, no recuerdo cuánto tiempo permanecí sentado leyendo los anuncios, pero fue un largo rato porque se me entumecieron las nalgas por el contacto con el latón. Traté de cambiar la postura sin conseguirlo ya que, de repente, un calambre en la pierna izquierda me dejó inmovilizado por unos segundos.

Al parecer, la multitud reunida en la meseta estaba a favor de Koresh y, sin embargo, algunos hablaban en su contra: que el reverendo estaba perturbado, que vendía armas y drogas, que abusaba sexualmente de las menores, y que logró lavarle el cerebro a sus seguidores, igual de trastornados como él. Por lo tanto, según esas personas, yo era un anormal. Pues, en cierto modo tenían razón, porque solo pensaba en mi bienestar. Si estaba bien o mal lo que hacía el reverendo, no me importaba. Todo era cuestión de obediencia. Despertar el mal carácter de David sí que era cosa de locos. Mientras más sumiso, de mayores privilegios gozaba. En el rancho pasaban cosas absurdas, pero yo nunca estuve involucrado. Entonces, ¿por qué había vivido allí? Bueno... en principio creía buena la doctrina davidiana, pero en realidad, me quedé por conveniencia.

Me paré cuando pude recobrar el movimiento de la pierna. Quería caminar para estirar el músculo, pero el discurso de un hombre que se encontraba rodeado de manifestantes no me permitió desplazarme con facilidad.

—He venido de Cambridge y no quiero irme sin ver a Koresh y a sus seguidores libres —manifestó con voz alterada el dueño de la silla a un grupo en el que se encontraba el taxista que me trajo desde el aeropuerto. Cuando vio que me levanté, se acercó y amablemente insistió en que podía quedarme un rato más—. Que unas personas se quieran proteger, no atenta contra la nación norteamericana; muy por el contrario, la Constitución permite al ciudadano ser portador de armas de fuego —dijo, y luego sacó de una neverita una botella de agua e ingirió un trago. Su discurso era muy parecido al de Timothy.

Me hastié de estar en ese lugar y de oír lo mismo. Tuve hambre, cansancio y sed. Comenzó a aburrirme todo el drama montado por los agitadores; además, no se ponían de acuerdo, en cierto momento no supe si estaban ahí para glorificar o para crucificar a Koresh.

¡Al diablo con la protesta! Necesitaba paz para poder discernir qué haría con mi vida y a dónde iría, pues no tenía casa, hermanos, ni amigos. No poseía nada y, sin embargo, quería abandonar de inmediato esa zona agreste; me encontraba como una rama sin hojas: desprotegido. Huir, desaparecer, eran las dos palabras que retumbaban en mi pensamiento y las admitía como únicas, como si no existiera ninguna otra en el vocabulario. Me avergoncé, me consideré miserable al no querer estar allí y respaldar a mis hermanos espirituales como lo hacía toda aquella muchedumbre que ni siquiera los conocía; actuaba como un niño queriéndose esconder. A mis casi veinticinco años me comportaba como un adolescente; fue entonces que descubrí mi inmadurez. Me dio pena con los que estaban dentro del rancho Monte Carmelo; pero más afligido me sentía por no responder al llamado de la solidaridad. En eso también era muy diferente a Timothy.

***

Abandoné el lugar. Caminé por la pequeña carretera de Elk, en dirección opuesta a Monte Carmelo, hacia la ciudad, sin nada en la mente. En realidad, no sabía qué haría cuando llegara allí. Un automóvil pasó despacio, se detuvo y el conductor sacó la cabeza. Era Mc... No recordaba su apellido... McGraw, ¡Harry McGraw!, el dueño de la tienda de armamentos en Waco. Lo vi de lejos en la protesta, pero no quise acercarme a saludarlo; pensé que no se acordaría de mí. Supuse que Harry estaba a favor de los manifestantes que repudiaban el control de las armas por parte del gobierno. Las ventas de estas disminuirían si se aprobaba el proyecto de ley Brady porque sería más complicado para los ciudadanos adquirirlas. En una ocasión visité su negocio con el reverendo para recoger un pedido de cajas muy pesadas. Recuerdo que luego de colocarlas en el baúl del carro, Koresh me dijo que teníamos que estar preparados porque muy pronto llegaría el acoso del mal.

—¿Vas para Waco? —gritó. Yo iba en el mismo sentido del señor McGraw, pero del otro lado de la calzada para ver de frente los vehículos que iban en dirección a Monte Carmelo—. ¡Ven, sube!

—Gracias, pero ya estoy llegando —mentí. En ese momento no quería hablar con nadie. Además, no sabía qué haría al llegar al pueblo. El largo camino a pie me ayudaría a hilvanar las ideas.

—¿No eres uno de los davidianos? —preguntó con el entrecejo junto, rascándose la cabellera canosa.

—No, señor —volví a mentir. Recordé la negación que Pedro hiciera de Jesús; solamente faltaba que el gallo cantara.

El vehículo arrancó y yo también continué mi camino. Soy un embustero, lo reconozco, pero juro que no pasaron dos minutos cuando escuché un quiquiriquí retumbándome en los oídos. Se comenzaron a entremezclar los colores cálidos de la tarde con los grises y anaranjados del crepúsculo. El sol se veía a lo lejos como pupila dilatada; casi tocaba la tierra. El flujo de vehículos aumentó en dirección a Waco y amainó hacia el poblado de Elk. La noche cayó poco a poco. La temperatura, que durante el día estuvo en unos setenta y dos grados Fahrenheit, empezó a bajar. Al quedarme solo, me di cuenta de que era un cobarde. La oscuridad fue interrumpida por los faroles de un auto que se aproximaba. Se detuvo junto a mí. Era el taxista.

\*\*\*

Aún faltaba un largo trecho por recorrer. Le pedí al chofer que me llevara a Waco y que me ayudara a encontrar alojamiento. Me hospedé en el Americas Best Value Inn, que estaba en la marginal del expreso Jack Kultgen. La fachada revestida de piedra se parecía más a una gran casona que a un hotel. Creo que elegí ese establecimiento porque en ciertos detalles arquitectónicos era la reminiscencia del rancho. No quiero engañar a nadie, fue por el precio; pagué menos de treinta dólares por noche porque separé la habitación por siete días. Entregué en efectivo el pago de la semana completa por no cargar con una tarjeta de crédito. Bueno, realmente no era que no la cargara; más bien debí haber dicho que no poseía. Y me pregunto: ¿quién en el 1993 no usaba plástico? Pues yo, Ron Black; tenía una empírica de crédito por debajo de los seiscientos, lo que significaba para Fannie Mae un crédito malo. Al llegar a la habitación trescientos treinta y tres miré el reloj: eran las once y once. Tiré la mochila en un sillón y con la intención de darme una ducha me senté al borde de la cama para quitarme los tenis; ya no supe más de mí hasta el otro día.

\*\*\*

No sabía quién estaba en ese momento más sitiado, si yo o los davidianos. Lo cierto era que me encontraba en la misma situación que cuando llegué a Monte Carmelo. Ingresé a la secta unos días después de que Fannie Mae Mortgage me entregara la carta de embargo. Con una deuda de ocho meses, me echaron de mi hogar. Dos semanas antes, la Ford Motor Credit se llevó mi automóvil. Ya no podía usar la Visa ni la

American Express ni otra tarjeta porque todas estaban en el límite de crédito y, además, ya ni siquiera abonaba el mínimo requerido. Necesitaba huir, jugar a las escondidas, buscarme un lugar donde vivir sin tener que pagar por los servicios, el alquiler ni la comida.

En una de esas tardes de infortunio fui a la barbería para afeitarme la cabeza; un candidato a calvo luce mejor a lo Yul Brynner. Leía el periódico mientras esperaba a que me atendieran. Encontré un artículo sobre el reverendo Koresh en el que aparecía su número telefónico y lo corté. Al salir del negocio, busqué de inmediato una cabina telefónica. El mensaje del pastor me motivo a viajar desde Fort Pierce hasta Waco. Sentí el llamado de la necesidad.

Me entusiasmó la idea de perderme en los capítulos bíblicos del Monte Carmelo. Recuerdo que al entrar en el rancho pensé: *a lo mejor consigo que una mujer de aquí se fije en mí.*

***

Ya en el complejo, la escolta del pastor me llevó a su despacho. Cuando el custodio tocó a la puerta, el reverendo nos invitó a pasar. Con un gesto de su brazo, me ordenó sentarme sin retirar la vista de su Biblia. El individuo que me acompañó abandonó la oficina; no cerró la puerta. En lo que era atendido, me puse a observar la habitación. Un anaquel atestado de libros cubría toda una pared; en el extremo opuesto un gran ventanal dejaba al descubierto la pradera y se veían obreros cultivando la tierra. El escritorio brillaba al punto de que la Sagrada Escritura, único objeto sobre la superficie, se reflejaba como si el tope de madera fuera un lago. El piso lucía igual de resplandeciente.

Al levantar la vista, vi a una mujer parada en el umbral. Se sonrió, hice lo mismo. Su silencio me advirtió que no debía saludarla y comprendí que a Koresh no se le podía interrumpir.

—Buenas tardes, Ron —dijo David.

Él me esperaba. Me pidió que lo llamara por su nombre y comentó que no le gustaban mucho los formalismos, pero se contradijo cuando me ordenó que me quitara la gorra ya que un hombre no debe cubrirse la cabeza bajo techo. Pensé que esas eran normas de antaño y que se referían, en aquel entonces, al uso de sombreros. Obedecí. Cuando vio mi cabeza afeitada, se le frunció la frente y me observó por encima de la montura de los espejuelos.

—¡Estás a la moda! —manifestó. Le dije que no, que optaba por rasurarme para minimizar el impacto de la calva—. ¿Sientes vergüenza?

—¡Por supuesto que no! —respondí con una ligera sonrisa al ver su larga cabellera. Mentí. Enseguida eché un vistazo hacia la puerta, pero la joven ya no estaba.

Hablamos por más de una hora. Quería conocer cosas de mi pasado, incluida la infancia. Me preguntó cuántas novias había tenido. Abordó el tema de la salud y le preocupó saber si padecía de alguna enfermedad. Finalmente, indagó si yo creía en la existencia de Dios.

Una por una fui contestando sus preguntas sin que mis respuestas correspondieran a lo que yo pensaba en realidad sino a lo que me imaginaba que él deseaba escuchar. La necesidad me hacía hablar con firmeza porque en el bolsillo solo me quedaba un billete de veinte dólares.

La última pregunta fue la más difícil, aunque pienso que le satisfizo la contestación: "Sí, porque puedo percibir su magnificencia en todo lo creado". Por lo menos no me contradijo. Luego me habló de él, de sus bodas espirituales, de sus hijos, de los miembros de la congregación.

—Como dice la Escritura: Con el sudor de tu frente comerás el pan. Esto quiere decir que aquí hay que trabajar. ¡El que no trabaja, no come!

—Conmigo no hay problema, a mí me encanta trabajar.

—¿A qué te dedicas?

—Soy profesor de inglés, también hablo español y francés.

—¡Muy interesante! No tendrás que estar expuesto al sol como esos —señaló hacia la ventana—. Me ayudarás con la educación de los niños.

*Los niños, nuevamente los niños, los niños son unos demonios,* pensé; pero en vez de protestar, porque sabía que no me convenía, le sonreí con agrado como aprobando su decisión. Él desconocía que fui expulsado de la escuela en la que enseñaba por culpa de un chiquillo.

—Antes de que te muestren tu dormitorio quiero advertirte dos cosas: primero, por ninguna razón me interrumpas si me ves estudiando la Biblia. Yo escucho la voz del Señor. Escudriño el libro de la Revelación. He sido el elegido para desatar los siete sellos del Apocalipsis y espero las indicaciones divinas. Segundo, se me ha otorgado el don especial de ser polígamo. Deseo traer criaturas santas a este redil. Tengo nueve esposas, que solo pueden ser tocadas por mí. Si cometen adulterio, son repudiadas y castigadas según la ley de Moisés; también sus amantes. Así que si profanas mi hogar, ¡eres hombre muerto! —dijo dando un puño en el escritorio—. Mis esposas cargan en el cuello una cadena con la estrella de David. Ese es el distintivo para saber que son frutas prohibidas.

—No codiciarás la mujer de tu prójimo dice un manda…

—Sí, así es, pero no he terminado aún. Cuando te sientas atraído por una mujer, antes de manifestarle tus sentimientos deberás hablar conmigo. Puede estar asignada de antemano para algunos de mis colaboradores o incluso para mí. ¿Te quedó claro?

—¡Sí, señor!

El reverendo sacó una libreta de la gaveta superior en la que hizo varios apuntes, noté que en su rostro se reflejaba el rigor de un juez severo. El tono hostil de su pregunta tajante fue interrumpido, luego de mi contestación, por un silencio momentáneo que me produjo escalofrío. ¿Qué iba a hacer si no me aceptaba? Lloraría sin consuelo y me retorcería de rabia por el suelo. Le mostraría el billete de veinte dólares que llevaba en el bolsillo para que, por lo menos, me pagara el viaje de regreso. ¿De regreso adónde? Las piernas comenzaron a temblarme. Gracias a que el escritorio nos separaba, David no pudo percibir las pequeñas sacudidas de mis extremidades inferiores. Levantó la vista. Me miró fijamente por breves segundos. Hizo una mueca con los labios entre queriendo sonreír o no. En fin, abrió la boca para decirme que había sido admitido. El interrogatorio terminó y no sabía si gritar eufórico: ¡Ya tengo casa!, o pararme a darle un abrazo por la emoción de la acogida, pero lo único que hice fue permanecer sereno.

En cierto momento me dio la impresión de que hablaba con el director de un internado, por lo que era mejor mantener la disciplina para no recibir una sanción. Luego de entregarme algunas instrucciones por escrito, David tocó un timbre y vino otro hombre al que le ordenó me mostrara las instalaciones. Al salir de la oficina me percaté de que mi maleta no estaba donde la dejé, pero no me preocupó; supuse que estaba en mi habitación.

De súbito apareció la mujer que vi a la entrada de la oficina; vestía una blusa rosada con escote muy ceñida al cuerpo. Apresuré el paso, quería verla de cerca y comprobar si llevaba la cadena con la insignia. Cuando empezó a subir las escaleras, pude ver que su cuello estaba decorado con un collar de perlas grises.

# II

*Debemos estar dispuestos a creer que lo que nos parece blanco es en realidad*
*negro, si la jerarquía de la Iglesia así lo decide.*
San Ignacio de Loyola

Anoche volví a soñar con ella. La brisa levantaba su bata negra de muselina como una sombrilla. Debajo no tenía nada; piel blanca, solo eso. El busto se le dibujaba en la tela fina que se convertía en lienzo para perpetuar la silueta. Su cuello adornado con la cadena que exhibía la estrella de David anunciaba el enlace con el reverendo. Jessica ha sido la única mujer que me ha prestado atención y amado, perderla sería mi desgracia.

Me bastó verla un par de veces para enamorarme de ella. Quizá lo hice desde aquella ocasión que la vi en el umbral de la oficina. Nunca hablaba con nadie, excepto conmigo cuando nos veíamos a solas. Su vestimenta era diferente al resto de las mujeres: mientras Jessica usaba blusas ceñidas y con escote, las demás vestían faldas amplias y largas, blusas con mangas y cuellos altos.

Supuse que los días pasarían lentos dentro del cautiverio que me impuse, pero no fue así. Para el Señor, mil años son como un día; y, para mí, el año que transcurrió tuvo el efecto de un mes. A no ser por las estaciones que cambiaban el clima y el panorama, habría imaginado que el tiempo se hubiera detenido. Todavía recuerdo cuando entré por primera vez al dormitorio asignado con dos camas, aunque me informaron que no tendría que compartir la habitación por el momento. El joven que sirvió de guía para mostrarme las instalaciones al entrar en el cuarto me dijo:

—Esa es el arma más potente que puedes tener en tus manos —sonrió al finalizar la frase.

Se refería a la Biblia que estaba sobre la cama cubierta con sábanas cremas. También pude comprobar que la maleta estaba colocada sobre el otro lecho. Antes de que el adepto abandonara la recámara le pregunté cómo castigaban a una adúltera según la ley de Moisés. "Lapidada", contestó.

Al comenzar las labores educativas, le pedí al reverendo que cambiara la cama extra de mi dormitorio por un escritorio. Lo necesitaba para preparar las lecciones, corregir los exámenes y ejercicios. Accedió de inmediato a mi petición y media hora después se realizaba el trueque que garantizaba mi libertad absoluta dentro del dormitorio porque no tendría un compañero de alcoba y Jessica me podría visitar a escondidas cada tarde.

*** 

David parecía satisfecho con el programa pedagógico que yo había preparado para sus hijos y los demás niños quienes asistían en dos tandas a las clases. Por las mañanas cursaban las asignaturas medulares propias para cada edad. Luego del almuerzo y de dormir una siesta, los alumnos regresaban al salón para despertarles los sentidos por las bellas artes: a unos les interesaban la pintura, otros mostraban gran entusiasmo por la poesía y el teatro, mientras que algunos querían que les enseñaran español o francés. La actitud de estos estudiantes era muy diferente a la de los alumnos de la escuela en Fort Pierce. El reverendo los tenía disciplinados. Eso me daba paz y mantenía a David contento. Por esta razón, inferí que si le hubiera informado de mis sentimientos hacia Jessica me la habría dado en matrimonio; pero no quise arriesgarme por temor a perderla. Si ella estaba asignada para alguien, entonces nos tendrían vigilados. Pensé que lo mejor era continuar nuestra relación clandestina. El tiempo pasó ligero; las cosas buenas son efímeras.

Sin embargo, hubo tres días que sí me parecieron largos. Jessica no se presentó en el dormitorio ni de noche ni de día;

la busqué con disimulo por todos los rincones, desde el sótano, lleno de cachivaches, hasta el ático igualmente atiborrado de muebles inservibles, pero no di con ella. Me angustié de pensar que no la volvería a ver. Desde que estaba allí, la gente desaparecía sin ninguna explicación y temía que ella corriera la misma suerte. Al tercer día, antes de que amaneciera, Jessica apareció en mi habitación toda despeinada y con el semblante demacrado; no tenía maquillaje en el rostro. Llevaba puesta la bata negra que delataba sus senos, por la transparencia de la tela. En el cuello le colgaba la cadena con la estrella de David, signo por el cual comprendí su ausencia; estaba desposada con el reverendo. La perdí.

Le dije todos los improperios que vinieron a mi pensamiento, aunque luego me arrepentí porque era a mí a quien ella amaba. Lo demostró abalanzándose sobre mí, que aún permanecía en la cama. Descubrí su piel tersa debajo de la bata que cubría el cuerpo desnudo. Entonces, sucedió. Fue un acto de amor silente, sin susurros ni alaridos; las palabras no existieron porque fueron cambiadas por besos sin ecos. Nos hicimos un solo cuerpo y después de intercambiar fluidos, desapareció como ladrona en la alborada. Lo extraño fue que encontré la mancha de la vida adherida a la sábana, como si hubiera eyaculado fuera.

En el culto sabatino, Jessica se sentaba junto a las demás esposas de David; lucía siempre serena. Ella optaba por no apartar su vista de mí; en cambio, yo fijaba la mía en los ojos de David cuando él daba su sermón. Esa situación me ponía nervioso, pero a ella le agradaba mortificarme.

\*\*\*

Una tarde estábamos junto al árbol de durazno. A Jessica le gustaba arrancar de la rama un melocotón, darle un mordisco y luego pasármelo para que me deleitara con la fruta.

—¡Ron!, ¡Ron! —gritaba alguien. Estaba tan distraído que no reconocí la voz. Era Perry, el suegro del reverendo—. ¿Qué haces?

*Nos descubrieron*. Pensé que había llegado nuestro final.

Miré para todas partes y me di cuenta de que Jessica desapareció. Tenía una habilidad increíble para esconderse.

—Merendando —dije mostrándole el melocotón que agarraba en la mano izquierda.

—¡Pero si ni siquiera le has dado un mordisco! —refutó extrañado.

—Sí, tienes razón —contesté algo confuso pues observaba la fruta intacta.

—David quiere verte de inmediato en su oficina. Hace rato que te busca —dijo y se marchó haciendo un comentario entre dientes que logré captar y que no me agradó: "A este parece que le gusta hablar solo". Esperé unos minutos para ver si Jessica salía del escondite, pero no lo hizo. Tiré el durazno al suelo y aceleré los pasos para alcanzar a Perry.

***

Cuando entré al despacho de Koresh me temblaba todo el cuerpo, creo que hasta respondí al saludo tartamudeando un poco; aunque me tranquilicé cuando vi que sus ojos no estaban cargados de ira.

—Siéntate, Ron —dijo muy afable, luego sonrió—. ¿Me dijiste que hablas español? ¿Cierto?

—Sí, lo hablo bien; sin embargo, he perdido cierta fluidez porque no lo practico. Recuerde que estudié idiomas y pedagogía. También hablo francés —mientras le respondía me pasó una biblia pequeña en español, lo cual me extrañó.

—Busca Deuteronomio once y léeme lo subrayado.

Tenía entendido que David no hablaba esa lengua, pero, al parecer, quería comprobar si verdaderamente la estudié. Su libro sacro, también abierto en Deuteronomio, estaba colocado sobre el escritorio que relucía como el primer día que llegué al complejo. Es fácil encontrar un capítulo en las Sagradas Escrituras aunque esté escrito en diferente idioma porque un número impreso en papel no cambia.

[10]Porque la tierra a la que vas a entrar para tomarla en posesión no es como el país de Egipto del

que habéis salido, donde después de sembrar había que regar con el pie, como se riega un huerto de hortalizas. [11]Sino que la tierra a la que vais a pasar para tomarla en posesión es una tierra de montes y valles, que bebe el agua de la lluvia del cielo.

—¡Se escucha muy bien tu español! Tiene un ritmo agradable —dijo Koresh. Nunca vi brillar sus ojos con tanta alegría. Entonces me recitó de memoria el mismo pasaje con ciertos cambios hechos por él bajo inspiración divina, según comentó: "Porque la tierra a la que te voy a enviar para su liberación no es como Texas, de donde vas a salir, que después de sembrar hay que irrigar con sistemas artificiales, como se riega un huerto de legumbres. Sino que el país al que vas a viajar para redimirlo es una nación de montes y valles que bebe el agua de la lluvia del cielo" —concluyó la cita y antes de continuar hablando agarró un termo que estaba sobre la credencia y se sirvió una taza de café—. "Esta es la revelación de una naciente tierra prometida hacia donde nos dirige Dios. Ya no tendremos que mudarnos a Israel como profeticé antes. Nuestra morada seguirá en el continente americano. ¡Nos iremos de aquí cuanto antes! ¡La Bestia está al acecho y muy pronto atacará!" —dijo y se le enrojeció el rostro.

—¿A dónde vamos? —al preguntarle, noté que se le frunció el ceño, no sé si le molestó la pregunta porque no era su intención revelarme el lugar. Pensativo, abrió una gaveta del escritorio e introdujo la mano lentamente. Creía que iba a sacar su Glock nueve milímetros para hacerme desaparecer porque conocía parte de su secreto o por imprudente, pero su mano traía consigo un papel tamaño carta. Me lo pasó.

—¿Sabes de dónde es?

Era un escudo. Me molestó no saber su origen, ya que el reverendo podía pensar que trataba con un ignorante. A mí me gustaba contestar siempre; si no sabía la respuesta, me la inventaba. Observé con detenimiento el dibujo a ver si obtenía alguna pista. Al pie del escudo colgaba una cinta inscrita en latín que decía: "JOANNES EST NOMEN EJUS". Una gran corona remataba el emblema en la parte superior y las letras **F** e **Y** se destacaban de un extremo a su contrario con sendas co-ronitas. En el mismo centro se encontraba un cordero con una cruz y un banderín sobre un libro. Conté las cintas que salían de las páginas cuyos bordes terminaban con un sello: siete. Se me encresparon los pocos pelos que me quedaban porque lo veía todo claro; o a mí también me había llegado la hora de profetizar o me inventaría algo para salir del apuro.

—Es el escudo de un reino.

—¡Sí!, es el escudo de mi reino. Esto no lo has dicho por tu cuenta, sino que te lo ha revelado mi Padre desde las alturas —dijo casi las mismas palabras que Jesús le declaró a Pedro en el momento que el discípulo lo proclamó el Mesías.

Cuando llegué a Monte Carmelo no acostumbraba a leer la Biblia. Pero allí era obligatorio asistir los martes y jueves en la noche al estudio de la palabra de Dios. Fue en una de esas clases que David manifestó que con el último apóstol que él habló fue con Juan, en referencia a la revelación que Cristo le hizo al autor del libro del Apocalipsis.

*Este tipo sí que está loco*, pensé. Gracias a Dios que me interrumpió porque le iba a comentar que creía que el cordero era Cristo, pero el lema grabado en latín me llevó a inferir que se trataba del nombre de Juan, quizá el discípulo más joven de Jesús, que estaba sobre la Biblia con los siete sellos apocalípticos.

—No sé si recordarás que cuando llegaste aquí el primer día, te comenté que estudiaba el último libro de la Biblia.

—Sí, recuerdo algo… como que escuchaba la voz del Señor.

—¿Por qué interrumpes? ¡Cállate y déjame hablar!

—¡Perdón!

—Es muy importante lo que te voy a contar. No lo sabe nadie y espero que no lo divulgues porque te corto la lengua, ni se te ocurra escribirlo porque te amputo la mano. Te habrás dado cuenta de que se cumple todo lo que digo.

Sus palabras me estremecieron. Recordé un refrán que decía que las moscas no entran en boca cerrada. No quería hacerlo enojar. Sería un honor enterarme de lo que nadie sabía. ¿Por qué yo habría sido el privilegiado?

—Te necesito. ¡Serás mi confidente porque hablas español!

Tú me ayudarás a realizar este proyecto. Durante el año que llevas con nosotros no he tenido ni una sola queja sobre ti. Los niños están muy contentos contigo y asimilan muy bien lo que les enseñas.

*Los niños, nuevamente los niños, los niños son unos demonios.* Decidí prestarle mucha atención a lo que confesaría el reverendo, no fuera a pasarme como en Fort Pierce, cuando Myriam, una mujer del condominio donde vivía, en una ocasión se puso a conversar conmigo en el área de la piscina. La plática en un instante se tornó aburrida y puse mi pensamiento a volar al compás de una curruca que revoloteaba desorientada. Pero me he arrepentido de no prestarle atención porque lo único que le escuché decir fue: "Esto que te acabo de contar no lo sabe nadie y juro que jamás volverá a salir de mi boca".

—Ron, ¿me estás atendiendo? Te has quedado embelesado.

—¡Por supuesto, señor! El dibujo me distrajo por un segundo —dije sin saber cómo él iba a reaccionar. Todavía tenía el pliego en mis manos. Me lo pidió de vuelta.

—Este escudo pertenece a Puerto Rico. ¿Sabes dónde queda esa isla?

No respondí. Recordé el citado refrán que me motivó a permanecer callado; no sabía si fue una pregunta lanzada al aire para el mismo reverendo contestarla. Era impredecible conocer lo que él esperaba de uno en determinado momento.

—¿No sabes? —preguntó extrañado. Se me concedió el turno para abrir otra vez la boca.

—En el océano Atlántico —contesté como un alumno orgulloso de saber la respuesta, aunque la geografía nunca fue una de mis materias favoritas.

—¡Está en el Caribe! —dijo con energía como para sacarme del error. Volvió a abrir uno de los cajones del escritorio y sacó un mapa de América—. ¿Ves esta pequeña isla? —la señaló con el dedo—. ¡Es Puerto Rico! Y todo esto es el mar Caribe.

—Perdóneme que lo interrumpa, reverendo, pero toda esta masa azul es el Atlántico y sus aguas bañan las costas de esa isla.

Estaba complacido de poder sustentar mi contestación.

Además, nunca he podido entender cómo la posición geográfica de una isla que está abrazada por un mar y un océano no sea adjudicada al más inmenso. Luego de la cena encontré, en una enciclopedia, que la isla de Puerto Rico estaba ubicada en la región del Caribe. También me gustó la frase con la que se la describía: "Hermoso rincón del Atlántico".

—Ron, tú nunca quieres perder. Pero ahora no voy a refutarte. Mejor te explico la visión que tuve:

"He sido el elegido del Padre para desatar los siete sellos del Apocalipsis. Este escudo data de la primera década del siglo XVI y es evidente que su diseñador lo hizo bajo inspiración divina. No conozco quién es su autor, pero te puedo anticipar que más que un artesano o escudero era un profeta porque todos los símbolos y letras utilizados tienen un significado que ahora puedo descifrar. En un futuro no lejano comenzarán a cumplirse las profecías manifestadas en este escudo, que ha tenido diversidad de interpretaciones a través del tiempo, pero la que oirás de mi boca es la única certificada desde lo alto.

"A unos se les ha dado el don de lenguas. Y quiero que entiendas que el lenguaje no tiene que ser solo la expresión hablada o escrita; lenguaje también puede ser el de los símbolos, como los que aparecen en este dibujo del escudo. He sido favorecido con la gracia de interpretar estos signos.

"Este cordero que ves en el mismo centro soy yo, no Juan el Bautista como han querido llamarle. El único cordero bíblico es Jesucristo; y yo, David Koresh, soy su reencarnación. Que yo descanse apacible con dos símbolos como la cruz y la bandera sobre la Biblia con los siete sellos, representa que cuando esté asentado en la isla podré desatar los dos últimos sellos que restan por abrir. Los puertorriqueños verán la luz de un amanecer radiante y la brisa correrá por sus verdes valles y montañas ondeando una flamante bandera. Entonces vendrá el fin del mundo. ¡Yo reinaré! La corona grande me pertenece. Las dos coronas pequeñas que se han adjudicado desde el principio a los reyes de España, Fernando e Ysabel, serán para dos de mis descendientes. Los cuatro castillos representan los poderes: Ejecutivo, Legislativo, Judicial y Eclesial. El orden, como los he citado, no importa. Los cuatro leones simbolizan al León de

Judá: Cristo y yo, yo y Cristo en los cuatro puntos cardinales de la isla. Las cuatro banderas con dos castillos y dos leones, no constituyen la unión de los reinos de León y Castilla; significan que una bandera distinta se izará en toda la isla, en la que ya no habrá separación entre Iglesia y Estado. Seremos uno, como Cristo y yo que fuimos fundidos en un mismo ser, en un mismo espíritu. Las cuatro cruces de Jerusalén representan la nueva tierra prometida para una secta elegida por Dios. La cruz grande personifica a los davidianos; las cuatro crucecitas son todas las iglesias que estarán sometidas a mí. La cruz de Jerusalén fue usada por los reyes para expulsar a los moros de la Península Ibérica; yo la utilizaré para sacar al Ejército de los Estados Unidos, que se ha convertido en la Bestia junto al gobierno federal, y les daré la libertad a todos los habitantes de Puerto Rico. Pero no será fácil. Las flechas representan las armas que tendremos que utilizar para liberar a un pueblo que ha vivido engañado con música y dinero. La sangre correrá. Por un tiempo breve, un par de días, la isla se convertirá en un calvario. Querrán crucificarme como cordero llevado al matadero, cierto. Sin embargo, no seré inmolado porque mi brazo estará arriba siempre; con nuestras armas lucharemos y tendremos una guerra santa. Cuando todo haya ocurrido y salga victorioso, me pondré un nuevo nombre: John. Entonces me llamarán John David Koresh y así el lema recobrará su verdadero sentido: Juan es su nombre".

No era la primera vez que se cambiaba el nombre pues, en realidad, fue registrado al nacer como Vernon Wayne Howell, según me comentó el encargado del jardín; en esta secta, como en cualquier lugar, los chismes corrían tan veloces como los guepardos. Me pasó otra vez la hoja con el escudo. Pidió que lo observara por un instante. El verde del centro llamó mi atención porque lo relacioné con el verdor que tendrían los valles y montañas al beber de la lluvia del cielo.

—Gira el papel noventa grados a la izquierda —ordenó el reverendo—. ¿Qué ves?

Lo pude captar enseguida. Las dieciséis figuras representando castillos, leones, banderas y cruces que encerraban al cordero con la Biblia, en el centro, formaban una letra.

—Una D.

—¡Así es! Es la primera letra de David. ¿Te das cuenta? La gran corona es para mí.

—Sí —dije, como si quisiera creerle, porque en estos casos era mejor seguirle la corriente que contradecirlo. Refutarle a ese hombre sería verme acaso en la calle o peor aún, muerto.

Sonó el timbre para indicar que se serviría la cena. El reverendo me mostró la puerta con una señal de su mano, dando por hecho, con este gesto, que la reunión finalizó.

—Mañana continuaremos nuestra conversación. Te diré el plan que tengo.

—Muy bien, señor —sonreí y le di la espalda para dirigirme a la salida. No había dado dos pasos cuando interrumpió la marcha.

—Ron, recuerda que esto es un secreto de arcano.

—Sí, señor, no lo olvidaré.

¡Cómo lo iba a olvidar si estaba en peligro mi lengua o una de mis manos! En Monte Carmelo se congregaba un manco que, según el jardinero, perdió la mano por apropiarse de lo ajeno. Era como si aplicaran la ley del talión: lengua por lengua, mano por mano. Cruzaba el umbral cuando volvió a detenerme.

—Ron, desde hoy te nombro miembro distinguido de mi redil. Cenarás en el comedor pequeño con mis esposas, mis hijos y mis colaboradores exclusivos. Nos vemos en diez minutos.

Una triple felicidad se apoderó de mí, pues el temor de que me hubieran descubierto con Jessica se desvaneció. Ahora no sería una sombra para Koresh y sus aduladores; ya era parte de esa comitiva. Pero lo que más me alegró era que mi amada y yo compartiríamos la misma mesa.

Fui a la habitación a lavarme la cara y las axilas. Busqué una camisa limpia y me puse un poco de colonia. *¡Qué sorpresa recibirá Jessica cuando me vea entrar al salón! Espero que no se asuste*, pensé.

\*\*\*

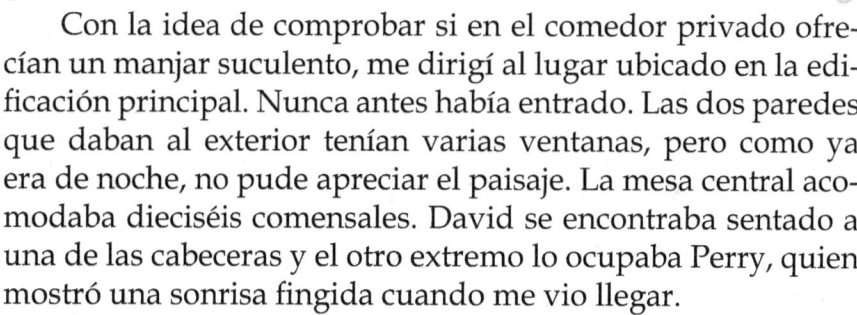

Con la idea de comprobar si en el comedor privado ofrecían un manjar suculento, me dirigí al lugar ubicado en la edificación principal. Nunca antes había entrado. Las dos paredes que daban al exterior tenían varias ventanas, pero como ya era de noche, no pude apreciar el paisaje. La mesa central acomodaba dieciséis comensales. David se encontraba sentado a una de las cabeceras y el otro extremo lo ocupaba Perry, quien mostró una sonrisa fingida cuando me vio llegar.

Koresh me pidió que me colocara a su derecha. Fue un gran honor para mí que me otorgara la silla del invitado especial. No obstante, me indicó que ese no sería mi asiento habitual. Que los únicos con sitio reservado eran Perry y él. El jardinero me contó que David sustituyó a Perry en la cima jerárquica de la secta a través del matrimonio con Rachel; ella tenía catorce años cuando se casaron. Luego de la boda y de tomar el control de todo, arrinconó al señor Jones. Al parecer el viejo se portaba bien porque disfrutaba de muchos privilegios.

Cuando estaba sentado a la mesa, eché un vistazo al resto de los convidados. Jessica se encontraba en el centro, opuesta a mí. Le dediqué una sonrisa, pero contrario a lo que acostumbraba a hacer en los cultos, fijó la vista en el plato. No me preocupó que David me descubriera sonriéndome porque, por cortesía, lo pude haber hecho con cualquiera de los invitados al banquete. Rachel, la primera esposa del reverendo, que estaba justo al lado de Jessica, al verme sonreír contestó con la misma expresión. Jessica no intercambió palabra con ella ni con la que estaba a su lado izquierdo ni con nadie. Solo se limitaba a escuchar, a reír si algún comentario lo ameritaba, a ingerir los alimentos y el vino Santa Cruz Mountains Chardonnay, un tinto de la cosecha de 1982. Tenía diez años de añejado.

Esa primera noche compartí con los más allegados de Koresh. Sirvieron carne de res asada, ensalada de papas con cebollas rojas y no faltaron los vegetales cultivados en el huerto de Monte Carmelo. De postre, un pastel de calabaza y manzana exquisito. El jardinero me comentó que David comía como un rey, y era cierto. Esta fue la mejor cena durante toda mi estadía, insuperable en sabor a la ofrecida en Acción de Gracias. La hartura me causó pesadillas. Soñé que mi amada era apedreada en una noche oscura. Mientras más piedras le tiraban, con más desesperación gritaba: ¡Ron!, ¡Ron!, ¡Ron! A pesar de mi angustia, lo que hice fue esconderme detrás de una iglesia abandonada para no ser ejecutado también. Desde allí podía escuchar las súplicas de Jessica que continuaba repitiendo mi nombre. Creía que sus gemidos me volverían loco. *¡Cobarde!* No fui capaz de salir en su defensa. En el instante que su rostro comenzó a tornarse rojo, los ladridos de un perro que intentaba atacarme me delataron. Estaba en una encrucijada. No quería imaginarme qué era peor, morir despedazado por una bestia o derribado por una avalancha de piedras. Salí corriendo para escapar de la fiera que estaba a punto de alcanzarme. Encontré el acceso al campanario, la puerta estaba tumbada en el suelo. Puse la mano en la barandilla y subí rápido la escalera de caracol; casi volaba. El animal aún me perseguía. Por el eco en el lugar se multiplicaban los ladridos con mayor resonancia; sin embargo, los ruegos de la martirizada se fueron desvaneciendo. Cuando llegué al último peldaño, me sorprendieron los colmillos de otro perro feroz que salió de la nada. Al sentir la primera mordida, desperté con la muñeca del brazo derecho metida en mi boca.

***

Jessica no compartió el desayuno. Me preocupó que fuera verdad y no un sueño lo del castigo. Al terminar de beber un chocolate caliente, David me citó en su oficina. Su estado de ánimo no había cambiado, sonreía. Incluso llegó a darme unas palmadas en el hombro cuando me indicó que nos veríamos en su despacho.

—Quiero que viajes a Puerto Rico. Busca una finca que esté en una cima, preferiblemente en la cordillera central, como signo de que yo seré el eje. No quiero estar cerca del mar, pero que se pueda apreciar a lo lejos.

—¿Cómo voy a encontrar un terreno con esas características si no conozco la isla?

—Ten fe, muchacho, mi espíritu te guiará; además, hablas español. Pregunta, consulta los clasificados del periódico, consigue un corredor de bienes raíces.

—¿Cuánto tiempo voy a permanecer allá? —pregunté angustiado porque me separaría de Jessica.

—Hasta que regreses con las buenas nuevas de que has encontrado el paraíso.

—¿Cuándo saldré?

—En enero. No tienes que preocuparte por los niños, ellos seguirán sus clases con Juliette. Tú mismo me has comentado que es muy buena maestra y tiene mucha paciencia. Además, Rachel se encargará de la educación también. Mi esposa lo hacía antes de que tú llegaras.

—¿Y si no encuentro el terreno?

—No me imaginaba que fueras tan pesimista. Si vas con una actitud negativa, cómo conseguirás que se materialicen las cosas. Tienes que ser un emisario positivo.

Me surgieron dudas. Por un lado, siempre soñé con viajar a un atolón en el océano Pacífico como Bora Bora, y ahora que se me ofrecía la oportunidad de conocer una isla del Caribe, vacilaba. ¡Qué tonto! Todo por culpa del amor. Si Jessica no existiera, abandonaría la secta y me iría feliz a disfrutar de las tres S: *sun, sand, sex,* que es lo que busca un turista soltero. ¡Cierto!, sol, arena y sexo era lo que deseaba tener en Puerto Rico.

—Ron, ¿me escuchaste? Estás embobado.

—Perdóneme, pensaba en la misión.

—He leído mucho sobre Puerto Rico, le dicen la Isla del Encanto por sus hermosos recursos naturales. Tiene cien millas de largo por treinta y cinco de ancho. Créeme, estoy haciendo algunos cálculos para buscar una semejanza con los números proféticos apocalípticos.

Dudo que la encuentre, impugné mentalmente. Cómo me hubiera gustado gritárselo a la cara, pero tuve que vencer los impulsos. No todo lo que se cavila se puede expresar.

—Me imagino que estarás pensado que es muy difícil. Pero en verdad te digo que nada es imposible en esta tierra. Las matemáticas son perfectas, así como perfecto soy yo.

—¡Dios me libre de pensar una cosa así!

—No te quieras justificar. Conozco los pensamientos y

la conducta del ser humano. Y todos se comportan de igual modo dentro de un mismo patrón.

Bajé la mirada. Me preocupó que él llegara a adivinar la gran aventura que yo anhelaba vivir en la Isla del Encanto. David se expresaba como si no fuera un mortal y sus pamplinas ya me estaban cansando. Así que decidí permanecer callado para ver si finalizaba el asunto. Además, quería ver a Jessica aunque fuera de lejos, me preocupaba no haberla visto en el desayuno. En el tiempo que llevaba viviendo entre los davidianos conocí a varias personas que desaparecieron. El jardinero me aconsejaba: "Es mejor no preguntar por ellas, ni saber qué fue de esa gente. Mientras usted siga vivo, despreocúpese de los demás".

—La capital de Puerto Rico es San Juan, en honor a san Juan Bautista; fue el nombre que recibió también la isla en los orígenes de la colonización española. Ponce es la segunda ciudad de importancia y está ubicada al sur, bañada por el mar Caribe —sus palabras parecían las de un documental turístico. Hablaba descansando su cabeza en el espaldar de cuero negro del sillón ejecutivo. Luego de la pausa, inclinó el cuerpo hacia el frente, apoyándolo en el escritorio y con un tono más bajo agregó—: Te lo explico porque siendo estas las dos ciudades más relevantes, quiero que la propiedad que vamos a adquirir se encuentre equidistante de esos dos puntos.

—Ayer, después de cenar, me fui al dormitorio y luego de hacer mis oraciones y estudiar un rato la Biblia consulté algunos textos para averiguar con respecto al viaje —mentí, esperaba que no me descubriera. Anoche estaba tan satisfecho por todo lo que comí que, después de buscar información sobre Puerto Rico en la enciclopedia, me recosté un instante con la intención de quitarme la ropa de inmediato; pero me quedé dormido—. Es curioso que esa isla sea la más pequeña de las grandes y la más grande de las pequeñas del archipiélago caribeño.

—Allí los montes son altos. No como aquí que a cualquier montículo de tierra le llaman colina —añadió Koresh.

—Vi un par de fotos y es maravilloso el verdor que tienen sus valles y montañas.

—Cambiando de tema, esta tarde, luego de que finalices con los niños, iremos a una tienda de armamentos en Waco. Debo recoger un pedido importante. Tenemos que entrenarnos bien para poder luchar por nuestros hermanos boricuas. Te aseguro que cuando toda la humanidad perezca, si estamos en Puerto Rico, la isla logrará salvarse.

—Cuando llegué por primera vez a este recinto, entendía que yo era un maestro, pero he comprendido que aquí el único maestro es usted —comenté para adularlo; quería que creyera que estaba completamente convencido de sus doctrinas. Mi opinión era que estaba desquiciado. Esperaba que esta vez no leyera mis pensamientos.

—¡Soy el Mesías!

No quise comentarle nada más. Quedé sorprendido de que en ninguna de mis intervenciones me mandó a callar. Faltando cinco minutos para comenzar la clase, pasé por el dormitorio para recoger los ejercicios corregidos.

El escritorio estaba tan atestado de libros y papeles que se me hacía difícil buscar los documentos, así que consideré oportuno que al finalizar el día recogería un poco el área para trabajar más cómodo. Tenía la costumbre de almacenar más hojas de papel que un árbol en primavera. Justo en el momento que más prisa tenía por encontrar las tareas revisadas de los estudiantes, tocaron a la puerta.

# III

Escuché unos golpes secos que me despertaron. No me dio tiempo a contestar porque, entre recuperarme del susto por los toques y ubicarme en la habitación trescientos treinta y tres del Americas Best Value, se abrió la puerta. Era la mucama que venía a limpiar el dormitorio. Se disculpó al encontrarme acostado y salió tan rápido como la sorpresa se lo permitió. Miré el reloj, marcaba las diez de la mañana. Dormí casi once horas; el cansancio me venció y me quedé tumbado en la cama con la ropa puesta. El baño me ayudó a quitarme el sopor. Sentía hambre después de muchas horas sin probar bocado.

Saqué del interior de la mochila el dinero que me sobró del viaje. Como no podía malgastarlo, quise saber la cantidad exacta: seiscientos sesenta y seis. La suma me aterró porque me hizo recordar el cartel grande que llamó mi atención en el área de la protesta en las cercanías de Monte Carmelo, que decía al final: ¿Cuál es la marca de la Bestia?

No me gustó el resultado del conteo. Parecía un presagio. El dinero quizá estaba maldito porque me apropié de algo ajeno. Tenía asignado un presupuesto para utilizarlo en Puerto Rico y tripliqué los gastos. Llamaba a David cada tres días para que me enviara más efectivo con la excusa de que la vida en San Juan era muy costosa. Cuando leí en una revista que la capital estaba entre las primeras diez ciudades más caras del mundo, me sentí menos culpable.

El comedor del hotel estaba cerrado y tuve que buscar un establecimiento de comida rápida en la cercanía ya que no podía esperar más tiempo sin comer; de lo contrario, me desmayaría. Una taza de café expreso que me brindaron en el vestíbulo del hotel me devolvió los ánimos. Al salir encontré la mañana esplendorosa. Por suerte traía puesta la gorra, pero dejé las gafas de sol. Las había comprado recientemente y, como no estaba acostumbrado a llevarlas puestas, siempre las olvidaba. Mientras caminaba por el área de la piscina recordé que soñé con Jessica y pude entender por qué Michaela Rose, la estudiante de periodismo, me atrajo tanto. Sus leves rasgos orientales eran característicos también de la fisonomía de Jessica. Además, ambas tenían una abundante cabellera.

Pasé por un pequeño portón que separaba la piscina del estacionamiento y distinguí un Jack in the Box en la Jack Kultgen Expressway y University Parks Drive, al lado del hotel. Cuando me disponía a atravesar el estacionamiento que compartían ambos negocios, vi que Timothy McVeigh cruzaba la intersección en su carro para tomar la rampa de la ruta Setenta y siete. Me miró un instante, pareció reconocerme. Si se hubiera detenido, le habría confesado todo lo referente a mí. Amanecí con ganas de hablar y de ser escuchado, como la noche que me llevé a la prostituta de la Quince, en Santurce, cuando estuve en Puerto Rico.

No quedé satisfecho con la Chicken Club Salad que ordené y tuve que comprar un sándwich de búfalo acompañado de papas fritas y un té frío con sabor a mango. Lo que sería un desayuno, se convirtió en un almuerzo. Regresé al hotel y tomé del vestíbulo el *Houston Chronicle* que algún huésped dejó olvidado. Tenía en la portada una foto de David Koresh y un artículo titulado **Fiscal General justifica ataque a davidianos**. Quería leer las noticias locales para saber qué opinaban los medios sobre el estado de sitio que mantenían el FBI y el Ejército en Monte Carmelo durante el mes de marzo. Lo que más me angustiaba era no saber cuándo terminaría el asedio. ¿Regresaría otra vez a la comunidad davidiana? Pronto me quedaría sin dinero. Tanta fue mi preocupación que primero eché un vistazo a la sección de trabajo en los clasificados. Había llegado la hora de conseguir un nuevo empleo. No encontré nada adecuado para mí. Decidí buscar ofertas de trabajo en otra ocasión y concentrarme en los reportajes, razón por la que cogí el periódico.

***

Los días para las personas que estaban en el rancho no tenían principio ni final. Para ellos, alfa y omega se convirtieron en el ahora. Cada situación era una experiencia de subsistencia. El silencio de la noche se quebraba con grabaciones de cerdos gruñendo dentro de un corral o gritos ensordecedores de conejos sacrificados. La oscuridad que producía la ausencia de la luna se interrumpía al proyectarse en las ventanas potentes faroles giratorios que espantaban el sueño de los habitantes del recinto.

Pensé que Monte Carmelo debía ser rebautizado con un nombre más apropiado: Monte Calvario. Día y noche, noche y día... disparos. Las detonaciones parecían sacadas de una película policíaca de Hollywood o un ataque en la Franja de Gaza entre palestinos e israelitas. El cerco se hacía más angosto a medida que Koresh rechazaba las negociaciones con los oficiales del FBI. Disparos... sangre, llanto, pero tanto él como sus adeptos se resistían. Era de imaginar que lucharían hasta el final porque los davidianos y yo nos ejercitamos en el manejo de las armas con la constante práctica de tiro al blanco. Adquirimos una disciplina militar. Estábamos preparados para luchar contra la Bestia. David sabía que el momento del combate llegaría pronto, pero pensaba que la batalla se libraría en Puerto Rico.

El FBI estaba consciente de que se enfrentaba a una secta de indómitos. Por esta razón, envió a sus agentes más veteranos en operaciones especiales sicológicas para que de la manera que fuera, sin importar las consecuencias, hicieran rendir a Koresh y sus prosélitos. La guerra sucia declarada por el gobierno iba ya por cuarenta días.

La estrategia de exasperar a la comunidad davidiana llegó al extremo de colocar más altoparlantes para que, además de oír el concierto desafinado que les ofrecían los quejidos de los animales, escucharan a Nancy Sinatra cantar *These Boots Are Made For Walking* muchas noches a la una, a las dos y a las tres de la madrugada. Siempre la misma canción reiteradamente, sin pausas, como si fueran las cuatro o las cinco de la tarde. "Estas botas están hechas para caminar", aparentaba tener un doble sentido porque los agentes les decían a los asediados: vamos a irlos a buscar; o podía significar también que los miembros de la comunidad desertarían. Las botas estaban listas, ponerlas en marcha sería la solución.

Utilizar la música como instrumento de tortura no era algo nuevo para mí. Había leído que tácticas similares también fueron utilizadas en la guerra de Vietnam y en la embajada del Vaticano en Panamá cuando recibió una embestida de rock pesado durante quince días para que el presidente Manuel Noriega, que se encontraba refugiado allí, se rindiera. Además, en las Sagradas Escrituras, Josué utilizó el ruido de sus trompetas en la conquista de Jericó para infundir miedo en los corazones de los habitantes de ese pueblo.

Estaba claro que el encuentro nefasto se produciría pronto; o los agentes llegaban al edificio en el que estaba aglutinada la secta para aniquilarla o los davidianos salían hasta las barricadas donde se encontraba el FBI para doblegarse. Conociendo a Koresh, no se sometería con facilidad; "primero la muerte", yo sabía que esta sería su actitud.

El reverendo convirtió Monte Carmelo en una fortaleza inexpugnable. Todo gracias a la inversión de un cuarto de millón de dólares en armamentos. La tarde que acompañé a David para recoger un pedido en la tienda del señor McGraw, le entregamos cincuenta mil dólares. No sé cómo a los agentes les llegó esta información, pero estaban al tanto de todo. De hecho, la principal denuncia y motivo de la redada no fue solo el abuso sexual contra menores o el supuesto laboratorio de un psicoestimulante potente y altamente adictivo llamado metanfetamina, sino por haber convertido armas semiautomáticas en automáticas.

El FBI dio órdenes para que les suspendieran a los sitiados el suministro de agua potable, electricidad y comida; solo faltaba que les cortaran las cabezas. ¿Quién podía aguantar tantas presiones? Yo no hubiera podido. Le daba gracias al Altísimo por haberme llevado a la isla prometida y librarme del acoso de la injusticia del hombre que siempre ha sido más terrible que la justicia divina; porque Dios es todo amor, según nos decía Koresh. Entonces ¿por qué Jehová, si es misericordioso, habría endurecido las entrañas de la fiscal general o del mismo presidente?... Algún propósito tendría. Recordé cuando Yahvé empedró el corazón del Faraón para que no dejara salir a los judíos de Egipto, con el propósito de enviar las siete plagas y que su pueblo reconociera que Él era omnipotente; el único en el cielo y en la tierra al que había que adorar.

Algunos miembros de la secta no lograron tolerar los *psyops,* así llaman en la jerga militar a las operaciones a que fueron sometidos los davidianos. La guerra psicológica superó cualquier lavado de cerebro infligido por parte de Koresh a sus adeptos. Linton Farmer fue uno de los que desertó, al igual que Kenneth Wright y Brandon Barker. Abandonaron Monte Carmelo durante el atrincheramiento. Pobres hombres, fueron enviados de inmediato a prisión.

***

El seis de abril abandoné el hotel; se había cumplido la semana que pagué por adelantado. Me trasladé a un apartamento que compartiría con tres estudiantes de la Universidad Baylor, cerca del centro de enseñanza. Mientras buscaba en los clasificados las ofertas de trabajo, se me ocurrió examinar la sección de alquiler de habitaciones. Encontré un anuncio en el que se ofrecía un dormitorio con baño privado y que además estaba equipado. Me requirieron pagar un depósito que incluía un mes por adelantado. Tener que desprenderme de cuatrocientos dólares me dolió más que cuando me operaron de apendicitis. Me estaba quedando sin dinero; lo que tenía era estrictamente para comida y transporte. Extrañaría los desayunos gratis del Americas Best Value; bueno, no es que fueran gratis, estaban incluidos en el precio de la habitación. A partir del segundo día en la hospedería me levantaba a tiempo para bajar a desayunar. Las migajas de pan caían sobre las hojas abiertas al examinar la prensa.

Nada novedoso leía ya en los periódicos, lo mismo ocurría en la televisión. A medida que los días transcurrían la tensión era más fuerte para los agentes, los sectarios y el público que seguía los acontecimientos a través de los medios o visitando la zona. En la proximidad del puesto de control, las vigilias, los círculos de oración y las protestas no cesaban en la alborada ni en el crepúsculo. Más curiosos que devotos transitaban por la carretera de Elk hasta donde los agentes del ATF lo permitían. Para mí eran momentos inquietantes por el riesgo que significaba no poder regresar al rancho jamás. Sin el amparo de David Koresh quedaría de nuevo sin casa permanente, hermandad ni amor. De no ocurrir un milagro, tendría que inventarme una excusa para utilizar el depósito en el segundo mes, y luego decir adiós cuando llegara la fecha de pagar la tercera mensualidad.

Monte Carmelo continuaba cercado, pero la última novedad en el panorama noticioso fue enterarme de que la paciencia del FBI se había agotado.

***

En la madrugada del día cincuenta y uno del cercado de los davidianos, soñé que a Jessica la quemaban viva; gritaba desesperada. Me acerqué a la gran fogata, las llamas le cubrían todo el cuerpo. Flamas rojas y anaranjadas se desprendían de las brasas y el aire las hacía danzar hasta desaparecer. Ni siquiera podía verle el rostro. Por su voz, sabía que la mujer que se consumía dentro de aquel infierno era Jessica. Quería socorrerla, pero el calor que generaba la candela me obligaba a retroceder. Cuando vi que el fuego amainaba, entonces pude mirarle la cara y noté cómo se transfiguraba: yo estaba en la hoguera y ella esfumada. A las cinco me desperté todo sudado, muy intranquilo. Sentía que los latidos del corazón iban en aumento. Di vueltas en la cama buscando en vano una posición cómoda, pero fue inútil. Si cerraba los ojos, aparecía enseguida la imagen de mi aspecto desfigurado. Al no conciliar el sueño

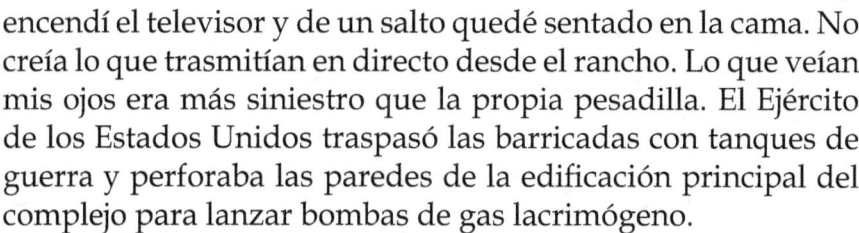

encendí el televisor y de un salto quedé sentado en la cama. No creía lo que trasmitían en directo desde el rancho. Lo que veían mis ojos era más siniestro que la propia pesadilla. El Ejército de los Estados Unidos traspasó las barricadas con tanques de guerra y perforaba las paredes de la edificación principal del complejo para lanzar bombas de gas lacrimógeno.

No me quise apartar de la tele, sabía que lo que estaba presenciando era el fin de los davidianos. Monte Carmelo se convirtió en el Armagedón apocalíptico. En el lugar se libraba una magna batalla como si fuera el Gran Día del Todopoderoso. Asocié a David Koresh con un falso profeta de los mencionados en pasajes bíblicos, vaticinó que vencería a la Bestia, cosa que no sucedió.

Los compañeros de apartamento se preparaban para irse a la universidad, pero se interesaron por las últimas noticias que se transmitían en el televisor. Pudieron comprobar que las cosas en Monte Carmelo empeoraban. El gobierno federal estaba atacando a un grupo de ciudadanos en el que había niños y mujeres.

Era realmente cruel ver como esas imágenes se difundían por el mundo entero, pero más horrendo fue observar que ni las ambulancias ni los camiones de bomberos estaban presentes, parecía que no existían. El FBI les dio órdenes al jefe de bomberos y al de emergencias médicas para que no se acercaran. Una llamada del hombre más poderoso del mundo, el presidente de los Estados Unidos, pudo haber detenido el genocidio, pero no la hizo.

Bill, Max y Tom se echaron en mi cama para ver y comentar el suceso. Yo permanecía inmóvil sentado apenas en el borde del lecho frente al televisor. El murmullo de los tres jóvenes ni siquiera me perturbó. Estaba tan ensimismado que me transporté a Monte Carmelo. Comencé a llorar como si el gas que lanzaban me hiciera efecto. Por primera vez experimentaba lo que era la consternación, ya no pensaba en mí, sino en ellos: Jessica, David y todos los demás. Mi egoísmo desapareció.

Mostraron un video con los seis que perecieron el primer día del enfrentamiento: Vi a Perry, también a Michael, a Jaydean y a los dos Peters; por último, vi a Winston Blake.

Nunca establecí una conversación con este, a pesar de tener veintiocho años; solo tres años mayor que yo. Winston era un británico negro.

Los compañeros salieron de la habitación y no me percaté cuando se marcharon o si se despidieron de mí. Es que mi cuerpo estaba en el 2415 S. University Parks, pero mi pensamiento se encontraba a varias millas de distancia. Sentía una presión fuerte en el estómago cada vez que los tanques perforaban grandes agujeros en las paredes para que corriera el viento en el interior y se propagara más rápido el gas que arrojaban.

—¡Por Dios! ¡No puede ser! —grité al escuchar una gran explosión que hizo volar parte del techo, dejando escapar una inmensa bola de humo negro en forma de hongo. Me pareció una reproducción de Hiroshima o Nagasaki al momento de estallar las bombas atómicas.

Cuando los militares del ejército dispararon los dos últimos dispositivos pirotécnicos que fueron los causantes del gran trueno, el sol estaba en su punto más alto y ellos pisaban sus propias sombras. El fuego se propagaba con ímpetu a través de los túneles de viento creados por los tanques en la nave principal. El interior estaba saturado con gas inflamable. Un derramamiento de petróleo lo activó.

—Jessica, ¿dónde estás? ¡La gente se está quemando! ¡Sal pronto!

La resonancia de mi voz pareció surgir efecto, una mujer salió a toda prisa para salvarse de las llamas. ¡Jessica! Cuando las cámaras lograron captarla descubrí que era una canadiense llamada Roxana Shatner. Pocos le siguieron los pasos a Roxana, otros trataron de salvar sus vidas tirándose por las ventanas del segundo piso, pero no todo el que lo intentó logró sobrevivir. Ningún niño salió, tampoco Jessica, y mucho menos David. Yo conocía al reverendo: la posibilidad de morir en una confrontación armada era parte de su doctrina; para eso fue el entrenamiento paramilitar. Además, él estaba convencido de que la muerte era el paso que lo llevaría a la vida. Koresh murió a los treinta y tres años como Jesucristo y seguramente, como lo había pronosticado, resucitaría como un ser de fuego.

Monte Carmelo se convirtió en un infierno en donde las

llamas calcinaban las cosas animadas e inanimadas que cono-cía y fueron parte de mí. La brisa se hacía aliada de las flamas, avivándolas. El rancho se consumía sin la posibilidad de que nadie extinguiera el fuego. Hasta la bandera de los Estados Unidos que ondeaba en el asta quedó desecha.

Llevaba sentado en el lecho más de ocho horas sin apar-tarme del televisor. Ni siquiera desayuné. Me dejé caer de es-palda sobre la cama. En el cielo raso, pintado de blanco, mi cerebro proyectaba las imágenes que tanto me impresionaron: tanques, bombas, nubes de humo, fuego… Continuamente re-petían las noticias y aunque ya no veía el televisor, lo escucha-ba. Pero me hastié de oír lo mismo. El FBI dio los argumentos que justificaban su acción: mentían más que yo.

***

El estudiante de arquitectura, Bill, fue el primero en llegar esa tarde. No me percaté cuando entró al apartamento, a pesar de que la puerta de mi dormitorio permanecía abierta. Se de-tuvo en el umbral. Yo estaba junto a la ventana; miraba hacia el oeste y observaba el humo que se desvanecía en el cielo. Sus pinceladas monocromáticas grises eran siempre más inten-sas en las cercanías al Rancho del Apocalipsis, sobrenombre dado al complejo de los davidianos por los medios de comuni-cación.

—¡*Hello*, Ron! —dijo y repitió el saludo para que desperta-ra de mi letargo.

—Hola, Bill.

—Me dejaste preocupado esta mañana. No contestaste cuando nos despedimos de ti. Estabas muy distraído viendo el televisor.

—Estoy bien.

—Al entrar te escuché hablar, creí que Tom o Max habían llegado.

—Perdón, no me di cuenta de que pensaba en voz alta; ellos no han regresado todavía. El desenlace en Monte Carme-lo me tiene inquieto.

—A mí también me consternó la tragedia. En la universidad seguí la transmisión de lo que ocurría hasta el final. No se habla de otra cosa. Dicen que los davidianos se suicidaron; que el tal Koresh activó una bomba para destruirse él, sus aliados y las instalaciones. Ese tipo estaba loco.

—¡No es cierto! ¡Fue una masacre!

—No te irrites ¿Cómo estás tan seguro? ¿Acaso lo conocías?

—¡No! Compartí varias veces con una chica de la secta llamada Jessica.

Le mentí. Sin embargo, no pude ocultar mi relación con Jessica. Posiblemente por remordimiento, por no haberla convencido de que se fuera conmigo para Puerto Rico. Si me hubiera acompañado, habríamos mandado al diablo al reverendo. Mis compañeros no sabían nada de mi verdadera vida: de que me despidieron de la escuela en la que prestaba servicios por culpa de un estudiante; que por ser un jugador y un comprador compulsivo perdí mis bienes; que por falta de dinero y crédito tuve que ingresar a la secta. Todo lo que les conté eran puras falacias. Para ser admitido en algún lugar siempre usaba la estrategia de irme por la vía más fácil: la mentira.

—Ahora comprendo tu tristeza. ¿Crees que esté viva?

—No lo sé, Bill. Al menos no estuvo entre las cuatro personas que sobrevivieron al fuego y todavía no han comenzado a identificar a las víctimas. Los cadáveres que han sacado están calcinados.

Jacob, Renos, Graham, los tres hombres que lograron salvarse del ardiente torbellino, y Roxana, la única mujer, fueron arrestados. ¡Pobre gente!

***

—¡Ron, Ron! —gritaba Bill, mientras tocaba a la puerta de mi dormitorio.

Desde el holocausto había caído en un sopor que ni siquiera sabía si era de día o de noche. La cortina de la ventana bloqueaba la luz. La oscuridad en mi habitación era total y me daba lo mismo levantarme a las tres de la tarde o a las tres de la madrugada para comer algo frío.

—¡Pasa! ¿Por qué tanto alboroto?

—¡Traigo de la universidad la lista con los nombres de las víctimas del diecinueve de abril! —exclamó mostrándome el papel.

—¡¿Qué dices?!

La claridad que se infiltró por la puerta, proveniente de la sala, no era suficiente para leer el documento. Le pedí que encendiera la luz.

—¿Cómo me dijiste que se llama tu amiga, la de Monte Carmelo? —preguntó friccionándose la nariz con el índice y el pulgar repetidas veces. Al parecer no le agradó el olor que tenía el dormitorio, aunque para mí era imperceptible. Me hice inmune al hedor de mi cuerpo.

—Jessica. ¿Por qué?

No contestó a mi pregunta de inmediato. Se puso a leer la hoja que trajo y con una sonrisa respondió:

—¡No está!, no aparece en la lista de las víctimas de la masacre.

Me incorporé y, sentado en la cama, le pedí que me prestara el papel. Katherine Andrade, veinticuatro años, blanca, norteamericana; era la que encabezaba la lista. Le seguía Chanel Andrade de un año y la tercera era Je… Se me empañó la vista al ver las dos primeras letras, pero pertenecían a Jennifer, la última integrante de la familia Andrade. No había más apellido con A. Iniciaba la lista con la letra B un británico negro de treinta y cinco años, George Bennett; nunca le hablé a él ni a Susan Benta, otra negra británica; siempre buscaba la forma de evadirlos. Su color de piel me causaba repugnancia. Mi dedo índice iba pasando por sobre cada nombre, pero recordé un detalle: no sabía el apellido de Jessica. Continué la búsqueda, encontré a los cinco miembros de la familia Koresh. Me palpitó el corazón al leer Je…, pero esta vez pertenecía a un norteamericano llamado Jeffery. La última mujer que hallé con J fue a Judy Schneider. La señora Schneider a veces me regañaba porque, según ella, hablaba solo a menudo. Lo que Judy no sabía era que Jessica siempre me dejaba con la palabra en la boca.

—¡No está en la lista! —dije con euforia.

—Pero si te acabo de decir que no está.

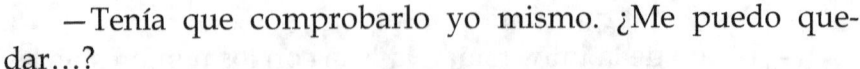

—Tenía que comprobarlo yo mismo. ¿Me puedo quedar...?

—Claro, la traje para ti. ¡Y párate ya de esa cama! Con lamentarte no lograrás nada.

Me ilusionó pensar que Jessica estaba viva. Abandoné la cama, subí la cortina y luego abrí la única ventana para que se aireara todo el espacio demarcado por las paredes. Era la mejor noticia que recibía desde el día diecinueve. Me afeité la cabeza, me rasuré la barba y el bigote, luego me duché.

***

Jessica no volvió a ser la misma desde aquella mañana en que, desesperado, buscaba en el escritorio los ejercicios corregidos para llevarlos al salón de clases y ella entró a mi habitación un poco agitada. Me alegró verla porque solo fue un sueño la lapidación.

—¡Vaya!, te vas para Puerto Rico sin importarte mi opinión.

Quedé atónito con el comentario. ¿Cómo se enteró tan rápido? *Ese pastor es un indiscreto.* Me indicó que mantuviera lo del viaje y todo lo que me reveló en estricto secreto, pero él sí podía contarlo a sus esposas. Tenía que ser cauteloso, quizá era una trampa.

Encontré los papeles que buscaba. Miré el reloj, faltaba apenas un minuto para iniciar las clases. Le pedí a Jessica que regresara en la noche, después de cenar. En el comedor le guiñaría un ojo para indicarle cuándo debía abandonar la mesa y venir a mi cuarto. Me propuse esa noche organizar mi escritorio, ella me ayudaría. Además, no le hablaría de nada relacionado con el viaje. Estaba muy joven para quedarme mudo si perdía la lengua. Tirando la puerta, Jessica salió de la habitación. Su carácter era muy parecido al mío. Cuando no lograba su objetivo, se ponía furiosa. Antes de abandonar el dormitorio observé que la enciclopedia estaba abierta sobre la cama en la página de Puerto Rico, así que inferí que ella pudo haber leído el título y por eso se enojó.

\*\*\*

En toda la cena no quiso mirarme a pesar de que estábamos ubicados frente a frente. Cuando le pareció oportuno, se puso de pie y dio las buenas noches. Todos fueron muy descorteses con ella; continuaron comiendo sin hacerle caso. El único que contestó a la despedida fui yo. Perry, que estaba sentado a la cabecera de la mesa muy cerca de nosotros, me preguntó:

—¿Ya te vas?

—¡No!

—Pero si acabo de oír que dijiste buenas noches.

—¡Ah!... Quise decir qué buena noche, porque la estoy pasando bien. ¡La comida está exquisita! —manifesté con una leve sonrisa. Obviamente el viejo quería volverme loco.

Perry se acarició el mentón, quedó pensativo mientras comía el último bocado. Luego de saborear un mousse de chocolate que sirvieron de postre, me levanté de la mesa sin despedirme de nadie. No quería que me hicieran lo mismo que a Jessica cuando abandonó el comedor.

\*\*\*

Tenía prisa por llegar a la habitación. Al entrar, encontré a Jessica leyendo la información sobre Puerto Rico en la enciclopedia. Estaba recostada en mi cama sobre las almohadas que había acomodado contra la pared. Adopté la misma actitud que ella tuvo en el comedor. No quería hablarle porque no tenía idea de qué le diría si me volvía a preguntar sobre mi partida. Me puse a organizar el escritorio y le pasé unos libros para que los colocara en el estante al otro lado de la cama.

—¿Cuándo piensas marcharte?

—No sé.

—En enero. ¡Lo sé todo! —dijo con cierto sarcasmo.

—Entonces, si lo sabes todo ¿por qué preguntas?

Comenzó a recitar textualmente la conversación entre Koresh y yo como si la hubiera escuchado. Analicé algo que me resultó insólito en ese momento: Jessica hablaba sobre cosas de las que yo estaba al tanto. Nunca reveló detalles secretos sobre

David ni comentó cómo se comportaba él en la intimidad. Las suyas no eran como las narraciones del jardinero que sí eran de gran novedad para mí.

Le pedí perdón al quedar desenmascarado por ella. Le comenté que David me hizo prometerle no hablar del tema con nadie. Entonces, para asegurarme de que ella se congraciara conmigo, le propuse que me acompañara a la Isla del Encanto. Que nos olvidaríamos de Koresh, del rancho y de Waco. Que le sacaría suficiente dinero al reverendo para vivir sin carencias en ese país caribeño. Pero me dijo que no, que no abandonaría Monte Carmelo. Que su mundo era ese y que lejos de allí no existiría. No comprendí lo que quiso decirme. Abrió la puerta y se alejó sin darme el beso de despedida.

# SEGUNDA PARTE

## Ecos de venganza

# I

*Revelar dos personas que les desagrada otra es una cómoda*
*manera de expresar que se agradan mutuamente.*
Li Yutang

No verifiqué si la puerta quedó cerrada al salir del apartamento. Un taxi, que tardó menos de cinco minutos en llegar, me llevaría al rancho. El momento de enfrentar mi realidad estaba a unas millas de distancia. Quería ver, por lo menos, los escombros de lo que fuera mi hogar durante dos años, además de que albergaba la esperanza de encontrar a Jessica en algún rincón de los setenta y siete acres de la finca. La noche antes de viajar a Puerto Rico volví a insistir en mi deseo de que me acompañara, pero ella rechazó la invitación con el mismo argumento de siempre: "Para mí no hay lugar lejos de este monte". No tenía ni la mínima intención de volver a pisar esas tierras, pero un impulso me dirigió hacia Monte Carmelo a pesar de saber el estado de devastación del lugar. Tenía el presentimiento de que algo grande me esperaba allí, precisamente ese jueves veintidós.

No podía creer lo que veía a través de los cristales del taxi. La desolación superaba cualquier imagen televisiva o lente fotoperiodístico. Me estremeció ver toda la estructura donde había caminado, dormido, comido, amado y hasta orado, convertida en escombros. Pensé que el sendero a la muerte era muy similar; se pasa de la actividad a la inercia y ya desintegrado, solo quedan residuos polvorientos. Recordé la sentencia: "Polvo eres y al polvo has de volver".

El chofer me dejó en el área donde estacionábamos los vehículos, que estaba cubierta de hollín. Caminé hasta la instalación principal, bloqueada con una malla metálica; lo único que permanecía era el piso. Todavía quedaban restos de madera carbonizada, pero la limpieza del lugar se realizaba con gran celeridad ya que el FBI quería desvanecer cuanto antes los vestigios de su hazaña. A pesar de haber transcurrido tres días, el olor a humo se impregnaba en la ropa como solía ocurrir en las discotecas.

Jamás pensé que fuera a encontrar tantos curiosos en la zona, uno que otro merodeando como si fueran a encontrar algo no destruido por el fuego. Me llamó la atención una silueta que divisé en la esquina de lo que había sido el comedor. Al avanzar unos cuantos pasos pude constatar de quién se trataba: su gorra de camuflaje y alta estatura lo delataban. Era Timothy McVeigh que, increíblemente, se cruzaba en mi camino. En esta ocasión no perdería la oportunidad de hablarle. Me detuve para observarlo. Estaba de pie. Si no hubiera sido por los frecuentes giros que le daba a la cabeza para ambos lados, habría dicho que permanecía inmóvil. Pasaron un par de minutos, Timothy se agachó y recogió una astilla de madera ennegrecida. Se quedó en cuclillas y comenzó a hacer trazos en la tierra. Tuve curiosidad por saber qué era lo que hacía y decidí acercarme con cautela a su espalda. Pero me vio antes de llegar. El movimiento reiterado de su cuello le advirtió de mi presencia y se dio cuenta de que me dirigía hacia él. Removió la tierra con el fragmento de madera y deshizo el dibujo. Se irguió.

—Hola, Ti... —lo iba a llamar por su nombre, pero pensé que no era prudente que en ese momento él supiera que yo sabía cómo se llamaba—, tiempos malos estamos viviendo — expresé lo primero que me vino a la mente.

—Eso es muy cierto —dijo consternado—. Hola, soy Tim, y tú eres el chico que no me compró una pegatina para el parachoques cuando vine a protestar el mes pasado.

Me dio vergüenza que me tildara de tacaño, pero me alegró que se acordara de mí. La familiaridad que manifestaba al tratarme, incluso el haberse presentado con su apodo, me hizo entrar en confianza de inmediato.

—Soy Ron; es un placer conocerte.

Le extendí la mano. Rápido sujetó con la izquierda el pedacito de madera y se limpió en el pantalón su mano derecha tiznada antes de contestar el saludo. Mientras lo hacía, persistieron los insistentes movimientos de su cabeza. Aproveché para observar en la tierra los vestigios de su trabajo efímero. Se veía una línea horizontal y dos ceros a ambos extremos que tocaban la raya en la parte inferior. No pude descifrar el dibujo. Al darnos las manos pude apreciar en él una mirada enrojecida como si hubiera estado a punto de llorar. Luego añadí:

—No te compré una pegatina porque no tengo carro y cuando te vi en la colina ni casa tenía.

—La pudiste comprar para un amigo.

—¡Estoy solo! ¡No tengo a nadie! ¡Yo era parte de los davidianos! —grité. Me puse las manos abiertas en los oídos e incliné el rostro tratando de esconder las penurias. Me encolerizaba hablar de mi indigencia.

Tim me dio unas palmadas por el hombro para tranquilizarme. Se acercaron varias personas, por lo que decidimos caminar y conversar a la vez. Una bandera incólume ondeaba en el asta. Al pasar junto a ella, el exmarine hizo un alto, la contempló brevemente con una mano puesta en el pecho, como si hiciera un juramento. Miró enseguida para todos lados.

—¿Esperas a alguien? —pregunté un poco molesto. Deseé que no percibiera el cambio de tono en mi voz. El gesto de la cabeza me ponía nervioso. Comenzaba a intrigarme.

—¡No! Discúlpame, pero es que tengo la impresión de que me persiguen.

—Yo sé lo que es estar acosado. ¡Es terrible!

—Dime, Ron, ¿por qué no estabas aquí cuando el asedio? ¿Cómo pudiste escapar?

Le conté que el día que nos vimos en la protesta de la colina, yo regresaba de un viaje a Puerto Rico. La mochila que advirtió la estudiante de periodismo era mi único equipaje.

—¡Michaela Rose! —exclamó con una sonrisa—. Escribió un artículo muy bueno sobre el cerco de los davidianos. Salió publicado el treinta de marzo en el periódico de su universidad. ¡Tiene talento esa chica!

Seguimos caminando hasta que logramos evadir a la multitud. Tim me manifestó que la masacre de los davidianos no quedaría impune, que el gobierno tenía que recibir una lección. Había que actuar contra las operaciones del régimen cuando no estuvieran bien fundamentadas, costara lo que costara.

—Si nos quedamos callados, seguirán maltratándonos. El año pasado fue el incidente en Ruby Ridge, ahora esta tragedia en Waco. ¿Qué pasará mañana? ¿Quién será la próxima víctima? —dijo enfurecido McVeigh.

El suceso de 1992 al que se refería Tim fue una masacre en un pequeño poblado de Idaho en el que Randy Weaver, un separatista blanco, murió por proteger a su familia y propiedad. Un hijo de catorce años llamado Sammy y Sara, su esposa, fueron asesinados también por el FBI. El miliciano Weaver vendió dos rifles de guerra a un agente encubierto del ATF; para los grupos ultraderechistas, el gobierno lo había engañado.

—Luchar en contra de los que están en el poder es muy difícil —argumenté.

—Pero no imposible. He jurado no descansar hasta vengar la sangre de tantos ciudadanos inocentes.

—Me gustaría ayudarte, Tim. Soy uno de los perjudicados en este caso. Estos escombros me cobijaron ayer —dije metafóricamente al pasar junto a las ruinas calcinadas del edificio—. Si el destino me libró de la muerte, quizá habrá algún propósito.

Hablamos un rato largo; incluso, se hizo alusión a momentos de nuestra adolescencia. Fue sorprendente descubrir que ambos teníamos sobrenombres alusivos a aves. A él, por su comportamiento pasivo en la escuela, le llamaban "gallina", burla que lo ayudó a ser más sociable; a mí me decían "pato" por evadir a las muchachas. Pero cómo no las iba a esquivar si las que me manoseaban eran reservadas en sus encantos. Las chicas lindas siempre buscaban a los bonitillos y yo nunca fui de ese clan.

Al parecer, poseíamos algún imán que atraía a la gente. Si nos deteníamos debajo de un árbol en busca de sombra, en breves instantes nos encontrábamos rodeados de personas. Timothy hizo su acostumbrado recorrido con la vista y luego miró el reloj.

—¿Te aburro? —pregunté preocupado.

—No, pero tengo que irme. Me espera un largo viaje.

—¿Dónde vives?

—En Lapeer, Michigan.

—Sí, está bastante retirado, pero es temprano aún. Me gustaría seguir conversando contigo. ¿Por qué no te quedas esta noche? Hay un sofá cama en el apartamento donde vivo.

—Gracias. En otra ocasión acepto tu invitación, pero tengo que regresar. Mañana es mi cumpleaños y he quedado en reunirme con unos amigos.

*Cumpleaños... mañana... ¡veintitrés de abril!*, pensé sorprendido y dije:

—¡Yo también cumplo años mañana!

—¡Estás bromeando! —expresó Tim abriendo los ojos más de lo usual. Se quitó la gorra y se la volvió a colocar, esta vez con la visera hacia la nuca.

—Lo olvidé por completo. La tragedia me ha bloqueado la mente. Cumplo veinticinco años.

—¡No puede ser! Igual que yo.

Me causó gran regocijo encontrarme con una persona que celebrara su natalicio en mi misma fecha y que coincidiéramos hasta en el año. McVeigh no lo creía; estaba tan sorprendido que tuve que sacar mi licencia de conducir para que comprobara que era cierto, que ambos estábamos regidos bajo el signo de Tauro.

Timothy me preguntó dónde vivía antes de ingresar a la secta. Al contestarle que en Fort Pierce, me comentó que Mimi, como se apodaba su mamá, vivía en ese pueblo. Sonrió, lo que me hizo evocar a la vecina del condominio en la Florida. Observándolo bien, había algo en su mirada que me la recordaba.

—¿Conoces a Myriam Fisher? —le pregunté para saber si existía algún parentesco entre ellos.

—¡Claro, es mi mamá! Fisher es el apellido de su esposo.

Le agradó que yo conociera a su madre. Sin embargo, me comentó que no le perdonaba que lo abandonara cuando apenas era un adolescente ni tampoco el sufrimiento que ella le causó a su padre por la separación. La culpaba por ser la causante de la desintegración de su familia: "Mimi nunca estuvo cuando más la necesité; siempre estaba de viaje o de fiesta", manifestó.

Rememoré la tarde que Myriam me reveló un secreto. Por estar distraído no le presté atención y no capté la idea. ¿Tendría alguna relación con su divorcio o sería algo sobre su actual matrimonio?... No lo sabía, ni lo sabría nunca porque juró no volver a hablar del asunto.

Ahora comprendía porqué Tim me llamó la atención cuando lo vi por primera vez en la colina. Él era la cara de su madre hecha hombre. El día que conocí a McVeigh lo encontré tan heroico que hubiera querido ser como él. En aquel momento me puse a buscar rasgos físicos que nos igualaran; no encontré ninguno. Sin embargo, al tratarlo hallaba muchas afinidades entre nosotros, comenzando por las frustraciones familiares hasta llegar a las profesionales. Su afiliación como soldado de la Infantería de Marina duró pocos años a pesar de que lo ascendieron a teniente y, por otro lado, la obsesión por pertenecer a los boinas verdes lo llevó al fracaso al no poder resistir el riguroso entrenamiento al que fue sometido.

—Mi número es 254-756-76… —terminé de dictar los dos últimos dígitos.

Si Timothy me llamaba, yo estaba dispuesto a cooperar para vengar la sangre davidiana derramada en el monte. Me pidió también la dirección y la anotó en el reverso del papel en el que había apuntado el teléfono; lo dobló y se lo echó al bolsillo de su camisa de camuflaje.

—Nos volveremos a encontrar, te lo prometo. Te llamaré más pronto de lo que esperas.

—Hasta pronto, Tim —dije. No me gustaba decir adiós en las despedidas. Para mí significaba hasta nunca. Desde que salí de la casa de mi padre, a los dieciocho años, jamás he querido repetir esa palabra la cual se convirtió en un presagio para mí.

Me avergonzaba tener que caminar junto a Timothy porque me recordaba constantemente los cinco pies cinco pulgadas de mi estatura. Para mirarlo tenía que levantar el cuello y no sé si veía el cielo, sus ojos o las dos cosas fundidas en una. Lo seguí con la vista hasta que se montó en su Chevrolet Spectrum y se alejó.

***

Recordé lo que me motivó a regresar hasta Monte Carmelo: Jessica. Busqué en todos los rostros sin encontrar el suyo, así que decidí internarme en la finca y llegar hasta nuestra guarida: el árbol de durazno. Las llamas no alcanzaron esa zona de la propiedad y en el árbol florecido se apreciaban brotes de pequeños ramilletes rosados.

Nada. En el huerto me senté en un tronco caído con la esperanza de que en cualquier momento apareciera como siempre lo hacía. Ella no podía estar lejos. Me lo dijo y lo repitió: "Lejos de este lugar no existo". Yo estaba dentro de su hábitat; si ella seguía con vida volvería a encontrarla.

Una sensación extraña se apoderó de mí. Sentí un estruendo de cristales rotos como el que produce un avión caza cuando atraviesa la barrera del sonido. La explosión sónica se repitió varias veces, al punto de que cerré los ojos unos instantes, apoyé los codos en los muslos y me tapé con las manos los oídos. Abrí los ojos con asombro al percibir un destello luminoso. No llovía y ni siquiera estaba nublado; sin embargo, veía rayos y escuchaba truenos: procedían de mi interior. Un celaje corría a toda velocidad entre los árboles, como si algo o alguien quisiera manifestarse. Pensé que las almas de los caídos deambulaban sin descanso o que el murmullo de la sangre de Koresh reclamaba desde lo recóndito de la tierra. De solo imaginar que tendría un encuentro de ultratumba con uno de los muertos me estremecí de pavor. Siempre fui un cobarde en cuestiones de muertos y fantasmas.

Cuando me disponía a echarme a correr, escuché el crujir de las hojas. Permanecí sentado. Avisté a un hombre que luchaba con las ramas para no despeinarse y que caminaba cuidando mucho sus zapatos. ¿A quién se le ocurre pasear por el campo con unos zapatos Salvatore Ferragamo? Pude identificar el calzado por las hebillas: unas omegas doradas.

—Buenos días —dije cuando se me acercó. Él miró su Rolex, luego contestó:

—Buenas tardes, Ron.

Gracias a que estaba sentado no caí de bruces cuando pronunció mi nombre. Un tic incontrolado se apoderó de mis piernas. Se colocó pegado a mí, tan cerca, que su muslo rozó el mío. Me aparté rápido. El tronco era lo suficientemente largo para separarme un poco. Temblaba y sabía que lo podría percibir si permanecía junto a él. Comenzó a hablarme despacio y con un tono muy bajo. No pude identificar la marca de su perfume, pero era un aroma a cuero. Al gesticular con el brazo se le salió de entre la manga un brazalete con cordón entretejido de acero inoxidable. Las letras C de oro blanco que le servían de remate a la pulsera no eran de Cartier, sino de Charriol. Sabía que uno de los rasgos característicos en las joyas de Philippe era el uso de cable de acero inoxidable.

Su apellido era Smith. No me dijo su nombre; tampoco se lo quise preguntar. Él me hizo una propuesta indecorosa; pero más ruin fui yo, por no objetarla. Me di cuenta de que seguía siendo el mismo ambicioso de siempre: las prédicas recibidas durante dos años no me sirvieron de nada. Por salir adelante estaba dispuesto a hacer lo que fuera, sin importar las consecuencias.

Me propuse seguir el juego planteado por Smith. Él poseía demasiada información sobre mí. Conocía las razones por las cuales prescindieron de mis servicios en la escuela donde laboraba. Sabía de mi precariedad y me insinuó que esa pudo ser la causa para ingresar a la secta, pero no logró asegurarlo. La arrogancia con que me hablaba no me hizo dudar de que si me rehusaba a satisfacer sus peticiones podría verme involucrado en ciertos problemas que coartarían incluso mi libertad, como les ocurrió a los miembros de la secta que salieron ilesos. Estaba perdido.

El libre albedrío no existiría. Yo renunciaba a pensar; Smith lo haría por mí. ¿Por qué hay personas que quieren controlar las vidas de otros? Me vendí al mejor postor, convirtiéndome en una mercancía de servicios asignados. Por unos instantes se efectuó una lucha en mi interior entre la moral, la lealtad y la necesidad. Imperó la necesidad.

\*\*\*

Smith me condujo de regreso a South University Parks en un Maserati rojo. Nunca antes me había montado en un auto deportivo. Se apoderó de mí una envidia superlativa de poseer todo lo de aquel miserable. Sí, ese fue el mejor calificativo que pude darle porque a pesar de ostentar su lujo y refinamiento, era perverso; su oferta lo confirmaba. Por un instante deseé que nos estrelláramos y que nunca se consumara nuestro pacto. Al entrar en el apartamento alabó el diseño de las paredes blancas con gruesas líneas onduladas negras que recorrían armónicamente la sala-comedor. Las líneas tortuosas continuaban en el techo cambiando al valor opuesto: blanco, porque el plafón estaba pintado de negro. Una lámpara roja colgaba sobre la mesa del comedor.

—La decoración la hizo Max; estudia arte en Baylor. Su hermano Tom vive también con nosotros; estudia odontología.

Le señalé la puerta del dormitorio de Bill y le comenté que el próximo año se graduaría de arquitecto. Ninguno de los tres jóvenes había llegado aún; los jueves estaban todo el día en la universidad porque los viernes no tenían clases.

—¡Y este es tu cuarto! —dijo Smith, abriendo la puerta que conducía a mi habitación. Pasó sin pedir permiso. Por suerte, los malos olores se esfumaron. La cama estaba tendida porque era mi costumbre arreglarla al levantarme. Tom, por el contrario, arreglaba su litera cuando salía por varios días o cuando invitaba a alguna chica al apartamento.

Smith se paró junto a la ventana y comentó que el panorama era agradable. A lo lejos se alcanzaba a ver los campos universitarios de Baylor. Caminó hasta la cómoda, se miró en el espejo, sacó del bolsillo una peinilla y la deslizó por su pelo negro. Me molestó ver como peinaba su cabellera, al punto de que lancé sobre la cama la gorra que traía puesta. A través del espejo pude observar el fruncimiento de su frente cuando descubrió mi cabeza afeitada; fue el mismo gesto que hizo Koresh al pedirme que me quitara la gorra el día que llegué a Monte Carmelo.

La osadía del intruso no tenía límites; abrió una gaveta del mueble como si estuviera en su casa. Luego hizo lo mismo con cada una de las otras. Al parecer buscaba algo o quería conocer más de mí.

—¡Eres compulsivo con la organización! —dijo al finalizar su inspección.

Lo comentó porque cada gaveta estaba asignada a una prenda de vestir. Los calzoncillos estaban divididos por colores en el primer compartimiento al igual que las medias que atestaban el último, pero cada una con su respectivo par. Luego añadió:

—¡Qué bien!

—No lo soy tanto cuando de papeles se trata —respondí, y me puse a recoger las hojas desorganizadas sobre la cómoda. No quería que viera la carta que le escribí a Jessica pidiéndole perdón.

Me indicó que deseaba ir al baño. Extrañado de que pidiera permiso, le abrí la puerta. Antes de entrar se detuvo un instante frente a la estampa que hiciera famoso al pintor japonés Hokusai; la observó, pero no hizo comentario alguno. La "Gran ola de Kanagawa" parecía la boca de un gran depredador marino tragándose una frágil embarcación de madera. Pensé que el cartel, en el que predominaba el azul de Prusia, representaba muy bien mi estado de ánimo en ese momento: yo era el bote perdido en un mar tormentoso y Smith, la gran ola queriéndome devorar. Max había comprado la lámina en una visita al Museo Metropolitano de Arte de Nueva York.

*** 

Encontré sobre la cómoda dos billetes de cien. Me los dejó Smith junto a una tarjeta de presentación que contenía la inicial E, su apellido y su número de teléfono móvil. Imaginé que sería un anticipo por los servicios que le ofrecería. Edgard… o quizá Ernest; tal vez se llamaba Eugene. Lo cierto fue que no le pregunté su nombre. A Smith le gustaba hacer muchas preguntas, pero no respondía a ninguna. Era como un abogado que hacía un interrogatorio en el que exigía la respuesta a lo que indagaba. Me recordó a Koresh, a quien le molestaba mucho si alguien lo contradecía.

Los doscientos dólares me trajeron a la memoria la prostituta que recogí en la parada Quince, en mi visita a Puerto Rico. Esa fue la tarifa de la pelirroja por los favores prestados. El taxista que me llevó a la zona de lenocinio objetó el precio indicándome que por cuarenta encontraría una mujer más atractiva que esa, que me haría de todo. No le hice caso, hay mercancías que se adquieren sin importar el costo.

***

El día antes de partir a la misión en el Caribe, la conversación con Jessica se tornó intolerable; decidimos terminar nuestra relación. Argumentó que era lo mejor para mí, porque si me interesaba alguna puertorriqueña no tendría el remordimiento de infidelidad como le sucedía a ella.

Llegué a San Juan el cinco de enero. Era la primera vez que viajaba por aire y mi sorpresa fue grande cuando, desde el avión, divisé la luminosidad que hacía destacar a la isla en la oscuridad. Cuando nos fuimos acercando más a tierra, identifiqué el destello de las luces que provenían de los postes y de los autos que transitaban por las avenidas. La multitud de automóviles causaba un congestionamiento vehicular continuo, me comentó la mujer que venía a mi lado. Antes del aterrizaje pude apreciar grandes complejos de apartamentos iluminados. *Hay vida en esta isla*, pensé lleno de ilusión.

Koresh, a través de una agencia de viajes en Waco, me hizo la reservación en el Hotel San Juan, que estaba a unos minutos del aeropuerto. Al llegar a la hospedería decidí hacerle caso a David, pues me recomendó que buscara otro albergue lo antes posible. A él no le convenía que permaneciera mucho tiempo allí porque era muy costoso. Estaba fascinado con el lujo del hotel, pero tenía que salir cuanto antes o sería mi perdición. Me senté frente a la barra para contemplar la enorme lámpara que coronaba el área, adornada con pequeños cristales, mientras me tomaba un wiski en las rocas. Había mucha algarabía en el hotel, a pesar de ser martes. Un conjunto tocaba un merengue acompañado de dos muchachas que movían las caderas al compás de la música. Aunque era un ritmo contagioso, otros sonidos llamaban más mi atención: el repicar de las máquinas tragamonedas, las sirenas de esas máquinas anunciando algún ganador o el ruido que producía la bolita de plomo al girar una ruleta. Si entraba al casino podría perder en una noche todo el dinero que el reverendo me entregó. Le pedí al cantinero que me sirviera otro trago.

—¿Aquí siempre hay tanta actividad?

—Sí, pero hoy, al ser víspera de Reyes, la gente ha salido a divertirse desde temprano.

Al otro día era feriado y todos los establecimientos permanecerían cerrados por ser la Epifanía del Señor. En la isla era tradición regalarles juguetes a los niños el seis de enero. En los Estados Unidos, la Navidad termina con la celebración del nuevo año; sin embargo, el atento joven que me preparó la bebida me dijo que en Puerto Rico aún faltaban las Octavitas y, luego, para finales de enero se hacía la fiesta de la calle San Sebastián que cerraba el ciclo festivo.

Me entusiasmó la idea de celebrar el día de los Reyes en grande. Papá Noel me trajo una camisa amarilla y no me gustó el color. Me había portado bien, así que era el momento de pedirles a los Magos un juguete. Quería una muñeca. Sí, una muñeca que respirara. Era mi debut en San Juan y no deseaba pasar la noche solo. Estaba soltero y, por lo tanto, no le debía fidelidad a nadie. Imaginé a Jessica revolcándose en los brazos de David. Yo también tendría sexo esa noche y en la mañana disfrutaría de la arena y el sol, para completar el SAS fantaseado en Waco. Para bañarme de arena y sol no tendría que ir lejos porque la playa estaba detrás del hotel.

Le pregunté al camarero que dónde podía conseguir una chica ya que deseaba disfrutar de un show privado. Me comentó que si esperaba un rato podría presentarme una o dos muchachas simpáticas que frecuentaban el piano-bar y gustaban de bailar. *Y si son feas*, pensé. No me gustó la idea de que él me sirviera de intermediario. Era mi ilusión pasar la noche con una mujer que me agradara mucho. Querría verlas en un escaparate y elegir la que más me gustara, cosa que no era posible en la isla porque la prostitución estaba prohibida. Entonces me sugirió la Quince. Creía en principio que se refería a una quinceañera y lo único que pasó por mi mente fue: *si Koresh disfruta de las nenas de catorce, como las llaman aquí en Puerto Rico, que yo goce con una de un año mayor no tiene ninguna repercusión.* Pero se trataba de un área en Santurce.

Minutos más tarde, un taxista del hotel me conducía por la zona de las trabajadoras nocturnas. Entramos a la avenida Ponce de León por la parada dieciocho. A partir de ese punto, la percepción de que estaba en una ciudad llena de luz se desvaneció. Se producía un efecto de luz y sombra entre los postes del tendido eléctrico que tenían focos y los que les faltaban. Le pedí al chofer que apagara el aire acondicionado. La noche estaba fresca y bajé el cristal; él hizo lo mismo. Quería escuchar los ruidos de la noche: risas, ofertas y contraofertas, insultos, salsa, merengue… salían de los distintos bares. Eran los únicos negocios abiertos a esas horas.

—¿Cómo se llama ese ritmo?

—Bachata.

Las vitrinas de las tiendas de calzado y ropa estaban apagadas en su mayoría. Algunos teatros lucían abandonados. Las aceras se tornaban iluminadas u oscuras según la cantidad de luz que recibían. Vi mujeres salir de las penumbras cuando sintieron que el vehículo en el que yo iba se desplazaba a cinco millas por hora. La baja velocidad y la brisa que entraba por la ventana me permitieron percibir algunos olores que se confundían entre sí: perfumes costosos y baratos; orina y cerveza que emanaban de la cuneta frente a la barra donde tocaban la bachata.

—A los dueños les gusta echar cerveza a la calle para atraer la clientela —dijo el chofer y luego preguntó—: ¿Te gusta esa rubia?

—No está mal.

—Pues ten cuidado porque esa tiene tracción trasera y palanca manual.

Me repugnó la idea de encontrarme una sorpresa en la cama. Habría que requerirles, además de la prueba de VIH, una de ADN y un certificado ginecológico. El taxi iba

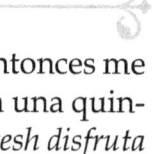

lento; esto daba la oportunidad de apreciar la mercancía viviente, pero como había áreas con poca luz, la selección se dificultaba.

El carro se detuvo un instante y apareció una mujer de pelo corto que, por su color de piel, se confundía con la noche.

—¡Acelera! —grité.

—¿Qué pasa? Me asustaste. Ella no cobra por conversar.

La avenida Ponce de León se asemejaba a un lugar en el que se convocaba a un *casting*. Yo era el encargado de elegir a la modelo que subiría a mi pasarela. Evalué a muchas chicas agraciadas: unas por sus piernas, otras por los cuerpos y algunas por sus rostros; pero siempre tenían algo que estropeaba su hermosura. El pelo, por ahí comenzaba el desacierto. Supuestamente estaban peinadas, pero parecían malezas silvestres. Verde, amarillo, rojo…, no me refiero a las luces de un semáforo, sino a pelucas, mechones y cabellos teñidos. En el hotel no me permitirían entrar con una mujer que mostrara más carne que tela o que tuviera la cara maquillada como si fuera a un carnaval: la boca pintada de rojo carmesí a punto de sangrar, los párpados con sombras metálicas en una degradación de azul, el tono más intenso se encontraba cerca de las pestañas muy largas y el más tenue al borde de las cejas dibujadas. Era tanta la base y el polvo aplicado al rostro, que algunas imitaban a las orientales. Imaginé el sabor agridulce que quedaría en mi lengua si, con el propósito de ingresarla al hotel, le lamía todo el semblante. A las once de la noche no encontraría una boutique ni un salón de belleza para transformarla en **Pretty Woman**.

Justo al llegar a la intersección con la calle Ernesto Cerra me esperaba mi Julia Roberts: una pelirroja vestida de ejecutiva. Estaba sola en la esquina. Me gustó su forma de actuar porque lucía algo inquieta, un poco tímida. Al acercarnos pude comprobar que era una mujer bonita. No sé por qué nadie se la había llevado todavía. Sería por su atuendo. Eso fue lo más excitante que encontré de ella, descubriría su cuerpo poco a poco.

—Hola, guapo, soy Nilka. Si me invitas a subir, te aseguro que te lo bajo.

Al entrar en el taxi, pidió un anticipo de doscientos dólares. El chofer se indignó tanto por la tarifa excesiva, que la quería desmontar del vehículo. Me aseguró que por cuarenta podía pasar una noche inolvidable. Calmé su furor al expresarle que en todo el trayecto no había visto una mujer que me atrajera como Nilka. Cuando ella escuchó mi veredicto, extendió su mano izquierda hasta mi nuca y comenzó a acariciarla suave, de igual modo reposó la otra sobre la cremallera de mi pantalón. Le pregunté si era puertorriqueña, deseaba consumir un producto nativo.

—Por supuesto —contestó con una sonrisa. Por un segundo me concentré en sus labios pintados de rosa tenue, el inferior era un poco más grueso que el superior, que lo igualaba con un delineador. Al verlos tan apetecibles me incitaban a besarlos. Contuve el deseo hasta llegar al hotel. A partir de ese momento toda nuestra conversación fue en inglés, que ella hablaba a la perfección.

No sé si a una puta se le lleva del brazo, pero al desmontarnos del automóvil se lo ofrecí. Cruzamos el vestíbulo en dirección a los ascensores como si fuéramos siameses. Por el pelo revuelto y los tacos, logré llegarle a los hombros. No me dio vergüenza la diferencia de estatura. En la isla no conocía a nadie y, además, es natural que a los hombres bajitos les atraigan las mujeres altas. Aunque en mi caso no era así; a mí siempre me gustaba controlarlo todo, incluso hasta el tamaño de una compañera.

Nos topamos con el cantinero que salía del baño. Cuando vio lo bien acompañado que estaba, discretamente me guiñó un ojo y sonrió como queriendo decir: "Qué buena hembra encontraste".

Entramos en la habitación. Nilka me pidió pasar al baño. Me quité la ropa y, como hacía frío, decidí esperarla arropado en la cama. Tenía la intención de tocarle a la puerta porque la oí carraspear. Bajó varias veces la cadena del inodoro. Cuando me disponía a levantarme, abrió la puerta y se excusó. Dijo no sentirse bien. Abrió la neverita y sacó una botella de agua; de la cartera extrajo un sobre con pastillas, cogió dos y se las tragó ayudadas con el líquido. Se sentó en la cama y apoyándose sobre el espaldar me dijo:

—Te devolveré el dinero.

—Esperemos un rato. A lo mejor el medicamento te hace efecto.

Tenía que relajarme. La ansiedad hacía que mi cuerpo se calentara en extremo. Estaba acostado boca arriba y no quise disimular el bulto que se producía en la sábana por un deseo insatisfecho. Ella comenzó a acariciarme la cara mientras conversábamos.

—¿Desde cuándo estás aquí? —preguntó Nilka.

—Llegué hoy —miré el reloj—. ¡No, ayer! Ya pasan de las doce.

—¿Viaje de negocios o de vacaciones?

—De negocios. Aunque la diversión es siempre bienvenida.

—¿A qué te dedicas?

—Soy inversionista. Estoy aquí en busca de unos terrenos.

—¿En la playa? ¡Me encanta el mar!

—Preferiblemente en la montaña, pero con vista al mar —le dije que era mi primera visita a Puerto Rico y que no sabía nada sobre la isla. Que buscaba una propiedad equidistante entre San Juan y Ponce—. ¿Conoces alguna finca con esas características que esté a la venta?

Me contestó que no. Apenas hacía un mes que había regresado a Borinquen. Tuve que cambiar de posición; por las constantes caricias en la cabeza fue más notoria la protuberancia originada en la parte central de mi cuerpo a través de la sábana.

Le pedí que me sirviera un trago. No quería levantarme y que me viera desnudo con las luces encendidas.

—¿Ron? —preguntó de pie frente a la nevera.

¿Cómo sabía mi nombre? Al pronunciarlo me acordé de que ella se presentó antes de entrar al taxi, pero yo no lo hice. Me quedé mudo y al no responder al llamado preguntó:

—¿Te sirvo ron Bacardí o prefieres otra bebida?

De inmediato me di cuenta de la confusión. Cuando me habló de la excelencia del licor opté por probarlo; además, era

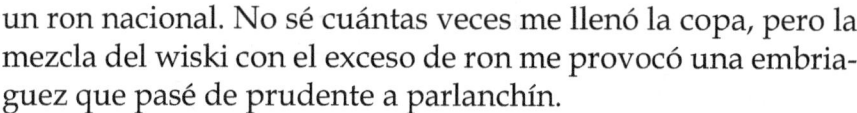

un ron nacional. No sé cuántas veces me llenó la copa, pero la mezcla del wiski con el exceso de ron me provocó una embriaguez que pasé de prudente a parlanchín.

—David Koresh tiene razón. Esta isla es muy bella y pronto dejará de ser colonia. Nosotros la liberaremos del yugo al que ha estado sometida.

—¿Por qué dices eso?

—Porque la secta davidiana se establecerá aquí. Entonces habrá una gran revolución. Por eso, desde hace varios meses nos entrenamos con empeño; practicamos tiro al blanco todos los días, menos los sábados. Monte Carmelo se ha convertido en un campo de concentración paramilitar.

—Tú lo pintas fácil, pero para un combate de esa magnitud se necesitan muchas armas.

—Nosotros tenemos un arsenal.

Le conté sobre las revelaciones apocalípticas que David recibió de la isla. Le describí la forma en que Koresh interpretó el escudo de Puerto Rico. Se lo narré en la cama, también en el balcón, porque cuando uno tiene unas cuantas copas de más se pierden las inhibiciones. No me importó que me viera desnudo y que observara toda la grasa que tenía en el abdomen. Quise ver la luna, contemplar el mar en la madrugada; deseaba copular, pero cada vez que lo intentaba le volvían las náuseas. Dejé de insistir porque pensé que podría ser un virus que se le estuviera incubando y me lo transmitiera. Por lo menos le pagaba para que me escuchara. Me creía un héroe que relataba su hazaña. Cuando volvimos a la cama, ella adoptó su antigua posición. Le pedí recostarme sobre sus muslos; no objetó. Me siguió pasando la mano por el rostro y me sentí conmovido porque encontré que la escena era muy maternal. Le hablé hasta quedarme dormido.

Desperté turbado a las once de la mañana, con un fuerte dolor de cabeza. Nilka no estaba en la habitación ni en el balcón ni en el baño. Todavía en el cuarto se percibía el olor de su perfume. Encontré sobre el tocador los doscientos dólares que le entregué cuando se montó en el taxi. La buscaría de nuevo en la noche, quería saber por qué no se llevó el dinero, a qué hora se marchó y si estaba dispuesta a tener sexo conmigo.

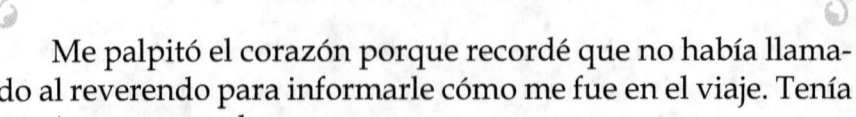

Me palpitó el corazón porque recordé que no había llamado al reverendo para informarle cómo me fue en el viaje. Tenía que inventar una buena excusa.

## II

*Nunca he podido concebir cómo un ser racional podría perseguir
la felicidad ejerciendo el poder sobre otros.*
Thomas Jefferson

Cuando Timothy se despidió ese día en Monte Carmelo, me expresó que se comunicaría más pronto de lo
que yo esperaba. Cumplió su promesa. A la mañana siguiente,
Tom me gritó que tenía una llamada telefónica. Pensé que era
Smith, pero fue una sorpresa cuando me expresó con alegría
un feliz cumpleaños. A partir de nuestras recíprocas felicita-
ciones por el natalicio, nunca dejamos de hablar por más de
una semana; también nos escribíamos con frecuencia.

En una de esas conversaciones me habló de Teddy. Él fue
la razón por la que Tim se trasladó desde Pendleton, donde
vivía con su padre, a Lapeer para establecerse en la finca de
los Nicholson. Se hicieron grandes amigos durante los entre-
namientos básicos en la Compañía Echo, que así se llamaba la
unidad a la que fueron asignados cuando ingresaron al Cuarto
Batallón del Regimiento Treinta y Seis de la Infantería de Marina. Los enlistados no se identificaban con Teddy por ser más
jóvenes que él; pero Tim, en cambio, lo encontró muy versado
en los temas que más le atraían: política, corrupción, armas,
violaciones a los derechos civiles y la violencia de los oficiales
del gobierno. A través de sus diálogos pudo aclarar dudas que
le surgieron durante años. Otro punto en común entre ambos
reclutas consistía en ser extremadamente racistas, al igual que
yo. Los dos cuestionaban por qué se ejercitaban con personas
de piel oscura si los negros eran gente inferior, sin inteligencia.
Refunfuñaban a menudo sobre el asunto, quitándoles a los ne-

gros su valor e intelecto con la finalidad de denigrarlos. Teddy Nicholson tomó el papel del hermano mayor que Tim nunca tuvo. Pero la hermandad en los campos de adiestramiento solo duró un año, pues Teddy dejó el servicio militar cuando se le presentó una emergencia familiar. Su esposa Lina estaba enferma y él tuvo que regresar para cuidar a su hijo Joseph, de diez años. Al parecer, la pareja planificó la patraña porque los ejercicios agotaban mucho a Nicholson y el orgullo no le permitía desertar sin motivos. Claro, estas fueron conjeturas de Tim y nunca pudo confirmar la veracidad de su teoría. Según McVeigh, Lina al ser una mujer dominante, manipulaba mucho a Teddy con el niño, pues sabía que era un buen padre y Joseph lo adoraba.

***

En mayo de 1993, Timothy abandonó Michigan y con su partida se alejó temporalmente de su entrañable amigo Teddy. Se mudó a Kingman, Arizona. Había estado en contacto con Mitchell Foster, otro exmarine, un año menor que nosotros, a quien conoció también en la Compañía Echo. A Mitchell le gustaba bromear con Teddy y le decía abuelo, por ser el más viejo de la unidad.

Tim creía que los actos de violencia en contra de ciudadanos estadounidenses, como los incidentes de Waco y Ruby Ridge, debían de ser respondidos con violencia. Mitchell se ofreció a colaborar con él hasta lograr vengar la caída de los inocentes; por eso era necesario que estuvieran cerca uno del otro.

Con el dinero que devengaba Timothy como guardia en una compañía de seguridad, alquiló en junio el remolque número once en el parque Canyon West Mobile & RV. Ya estaba cansado de estar de motel en motel y por fin tendría un hogar en Kingman. Me invitó con mucho entusiasmo a pasar una corta temporada con él, lo que acepté sin titubear. La última vez que hablamos me manifestó que duró limpiando toda una semana los cuarenta pies de largo del interior del tráiler. *¡Ay, se me había olvidado telefonear a Smith!*

—Bueno, si tengo algo importante que contarte te llamo. /…/ No te preocupes tanto, lo tendré en cuenta. /…/ Sabes, no podremos hablar este fin de semana; recuerda que el viernes voy a visitar a Tim. /…/ Hasta pronto —dije, y luego colgué el auricular.

***

El paisaje que se apreciaba era deprimente: unas montañas áridas, sin hierbas ni arbustos; tan solo rocas. Parecía que los cerros ensordecieron el día tercero de la creación, cuando Dios dijo: "Produzca la tierra vegetación". No sé cómo se le ocurrió a Timothy mudarse a una zona tan desolada. Koresh se quejaba de lo agreste que era Waco, pero en comparación con esto, aquello era un oasis. Por un instante me extasié al recordar el verdor de las montañas en Puerto Rico. *¡Ese sí que es el paraíso!*

Exhalé. No sé si por la isla o al pensar en Nilka y en las caricias que me hizo aquella noche. Por eso volví en busca de una revancha, pero aunque regresé varias noches, no la encontré. Nadie sabía nada de ella. Solo un travestido que estaba en la Cerra, la calle donde la recogí, me dijo que la mujer no tenía mucho tiempo visitando esa zona. Me contó que era demasiado introvertida, que hablaba muy poco. Sin embargo, le sorprendía que cuando un automóvil se detenía frente a Nilka, ella se adelantaba a proponerle…

—Ni yo, que soy tan vivaracha —comentó haciendo una pausa, ladeó la cabeza, su mano quebrada por un ademán de finura se la colocó en el pecho y continuó—, me atrevería a insinuarme de tal manera. Hace tres días que no la veo. Me preocupa que haya corrido la misma suerte de dos chicas que fueron degolladas y tiradas al caño Martín Peña —dijo Manuela, el travesti, y concluyó la conversación—. Si no quieres irte a la cama conmigo, es mejor que te vayas, me espantas a los clientes.

Le regalé veinte dólares por la información y me alejé en el Toyota Tercel alquilado. Manuela tenía razón, setenta y dos horas habían transcurrido desde que Nilka abordó el taxi la noche de mi llegada. No sabía dónde quedaba el canal, pero imaginé un cuerpo inerte desnudo de mujer, arrastrado por la corriente, con el pelo rojizo, sin saber si era por el pigmento del cabello o por la sangre. Me aterró pensar que la mujer que me mimó sin malicia, cuyas manos más que seductoras me parecieron maternales, hubiera tenido una muerte violenta.

Recorrí toda la isla. Sus hermosos paisajes hicieron que me enamorara de ese pedacito de trópico, como la denominaron en una revista turística. En ocasiones averiguaba sobre las fincas en venta, pero la mayoría del tiempo investigaba, discretamente, sobre una prostituta con porte de ejecutiva y toque de maga. Me detuve, después de pasar por el puente La Bellaca, en el pueblo de Quebradillas, y también allí tuve la esperanza de verla. Buscándola, llegué hasta una playita solitaria en la ensenada de Breñas, conocida por los bañistas como la playa de los Cuernos, pero a pesar de que observé a todas las parejas, no estaba allí.

¿Por qué será que cuando uno busca algo con insistencia nunca lo encuentra? Lo digo por Nilka y también por Jessica. Me gustaría volver a ver a Myriam y tener el valor de comentarle que su confesión sigue siendo tan suya como cuando me la manifestó. Tal vez mi sinceridad la haría revelar lo que ocultaba y así podría saciar mi curiosidad. Al conocer su parentesco con Timothy, me intrigó más el secreto que ella guardaba. Pero la posibilidad de retornar a Fort Pierce y charlar con Myriam era tan remota como hallar a la prostituta ejecutiva o a Jessica o reencontrarme con Michaela Rose para darle la exclusiva de que pertenecía a la secta de los davidianos. El recuerdo de esas cuatro mujeres era como una obsesión para mí. Ah, se me escapaba una quinta, a quien solamente vi en fotografías, pero cuya sangre circulaba por mis venas: Ann Black, mi madre. Dan se rehusó siempre a hablarme de ella. Ann murió en un accidente automovilístico cuando yo apenas cumplí mi primer año. Dan, quien nunca me acostumbró a llamarlo papá, quedó atado a una silla de ruedas a causa de la tragedia.

***

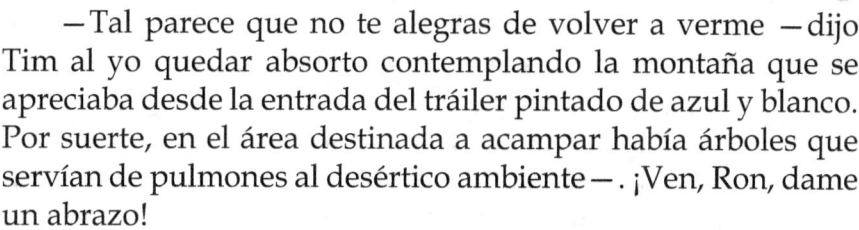

—Tal parece que no te alegras de volver a verme —dijo Tim al yo quedar absorto contemplando la montaña que se apreciaba desde la entrada del tráiler pintado de azul y blanco. Por suerte, en el área destinada a acampar había árboles que servían de pulmones al desértico ambiente—. ¡Ven, Ron, dame un abrazo!

No nos veíamos desde Monte Carmelo; sin embargo, su trato era muy familiar, como si nunca nos hubiéramos separado. Esto me confirmaba que las cartas y las llamadas telefónicas unen a las personas por más lejos que se encuentren ya que en los meses transcurridos él fue para mí, voz y letra. A pesar de su afectuoso recibimiento, me encontraba incómodo al verlo. En realidad, la molestia se debía a que no le podía ofrecer una mirada limpia; pero tampoco la esquivaba porque quizá descubría mi falsedad.

—Ron, luces muy bien. Has perdido muchas libras. Si no hubieras traído tu gorra de las Panteras de Carolina del Sur, no te habría reconocido.

Sus observaciones eran ciertas. Ya no tenía preocupación de dinero porque Smith cubría todos mis gastos. Además, obtuve un trabajo a medio tiempo en la biblioteca de la Universidad de Baylor; razón que me permitía cuidar más de mi apariencia. Nadie me obligó a adelgazar. Me lo propuse cuando salí de Puerto Rico. No llevaba sobrepeso en la mochila, pero sí en mi cuerpo porque en Borinquen lo probé todo. Cuando comí por primera vez los bacalaítos, los encontré deliciosos. Quise saber la receta, para dársela a las cocineras del rancho. Una de las mujeres que confeccionaba la torta me dijo que se hacía mezclando harina de trigo con agua, trozos de bacalao desmenuzado, cebolla, ajo y una hierba aromática que se usa como condimento y que le llaman recao. Toda esa mezcolanza se divide en porciones y se echa a freír en una sartén con aceite bien caliente. Los más exquisitos los hacían en Piñones, una playa cercana al hotel donde me hospedaba. Otro bocadillo que encontraba delicioso era la alcapurria de guineo verde y yuca rellena de juey, así le llaman los puertorriqueños al cangrejo. Para comerla me desplazaba hasta Luquillo, otra playa al nordeste de la isla. En Fajardo, un pueblo ubicado al este, vendían los suculentos buñuelos de don Goyo. Consideré que era excesivo el uso de la harina frita en la gastronomía puertorriqueña. ¿Quién no engordaría con tantas exquisiteces? La obesidad me hacía lucir de menor estatura de lo que era. No podía seguir aumentándole pulgadas a los tacos de mis zapatos ya que parecerían zapatacones y ese tipo de calzado no estaba de moda. Había perdido más de cincuenta libras con mi visita diaria al gimnasio de la universidad. Max y Tom me acompañaban y nos estimulábamos para ver quién eliminaba más grasa corporal. Cada día obtenía una mayor contextura.

Lo que me hizo cambiar mis hábitos alimentarios fue que, mientras esperaba en la sala de abordaje del Luis Muñoz Marín por el vuelo que me llevaría de regreso a Waco, me puse a seleccionar las fotografías que le enseñaría al reverendo; guardaba algunas que ni siquiera a Jessica se las podría mostrar. Descubrí que mi barriga adiposa era repugnante cuando vi un retrato que una masajista me tomó en la piscina del hotel. Observé mi cara, mi cuello; todo se notaba hinchado. La nuca había desaparecido. Hasta la nariz me la encontraba más ancha que nunca. ¿Por qué la estampa grabada se manifestaba con un realismo nefasto? Tenía que hacer algo tan pronto llegara a Monte Carmelo. Me propuse en ese instante, después de romper la foto, unirme de inmediato a Koresh cuando saliera a trotar, como lo hice muchas veces luego de mi ingreso al complejo.

El abrazo recibido por Tim fue fraternal. Por su estatura parecía el hermano mayor que nunca tuve. Quizá me confundí de sentimiento y fue en realidad paternal; el cariño que esperé de mi padre y que jamás me dio. La zona lúgubre se disipó con la calidez de las atenciones de Timothy. Desde siempre añoré tener un amigo, encontrar un confidente. Sin embargo, yo no lo era, me comportaba igual que Judas Iscariote, el discípulo traidor.

***

Me mostró el interior de la vivienda que, al ser lineal, se recorría enseguida. Lucía resplandeciente como las instalaciones de los davidianos. El mobiliario era sencillo. No se podía comparar con el apartamento donde yo vivía y que Max decoró con las técnicas aprendidas en Baylor. Sin embargo, encontré el área social del tráiler de lo más agradable, aunque estrecha como todas las demás dependencias. Frente al televisor, una butaca reclinable y un futón llenaban el espacio. Me indicó que dormiría en este último. Tenía, además, una videocasetera y un componente de música desde el cual se escuchaba un rock de los Beatles tan alto que apenas me permitía oír lo que Tim decía.

—¿Lo puedo bajar un poco? —pregunté. Creí que se me romperían los tímpanos.

Él mismo puso el volumen al mínimo. No comenté nada; era mejor así. A pesar de que me gustaba la música, no podría soportar ese escándalo todo un fin de semana. Me mostró parte de su colección de armas. En el dormitorio guardaba, en un baúl, un rifle H & K 91 con cañón pesado, semiautomático; era la versión civil del G-3, una de las mejores armas militares en el mundo. De debajo de la cama sacó un rifle AR-15 A2 Sporter, que pasó a ser el fusil más fiable disponible en el mercado mundial, a pesar de los problemas que le causó a los militares estadounidenses en Vietnam. Para ese tiempo, los soldados no tenían los productos y utensilios para limpiarlo. A menudo el arma se les trancaba porque la pólvora que utilizaban en los cartuchos no era la adecuada para el fusil AR-15, conocido en el ejército como el M-16. Dentro del armario escondía una pistola Desert Eagle semiautomática, de calibre grueso y una Taurus nueve milímetros. Por último, sacó de detrás de la nevera una escopeta Mossberg, con una terminación en cromo duro y culata de polímero, que servía para cazar o para defenderse de algún intruso. Timothy me fue explicando la función de cada una y cómo la había adquirido. A mi entender él sabía más de esos artilugios que el señor Harry McGraw, el dueño de la tienda de armamentos en Waco.

Cuando colocó la escopeta en su lugar, aprovechó la cercanía de la nevera para ofrecerme una cerveza. La acepté.

—¿Has leído *The Turner Diaries*? —indagó Tim, al sacar las dos latas del refrigerador. Al contestarle que no, avanzó unos cuantos pasos, abrió un cajón del gabinete y extrajo el libro de MacDonald—. El exprofesor de física William Pierce utilizó el seudónimo de Andrew MacDonald para publicar esta obra —dijo mientras me dedicaba el ejemplar.

Timothy descubrió el libro por un anuncio en una revista que se ofrecía como un tomo educativo sobre el desarrollo de innovadoras leyes de armas. Era obvio que a Timothy McVeigh no le convenía que legislaran sobre el control de artefactos bélicos. Me mostró un arsenal y expresó que eso era una pequeña muestra en comparación con las que tenía en casa de su padre; además, en el carro siempre cargaba una pistola.

—A mí me gustó tanto el libro que compré varios ejemplares. Se los regalo a mis amigos cuando tengo la oportunidad.

—¿Es ficción? —pregunté al recibir el obsequio.

—Sí, pero no me cabe la menor duda de que podría convertirse en realidad. Si el gobierno decide desarmar a los ciudadanos para tener el control absoluto, ellos podrían tener una reacción violenta.

*Los diarios de Turner* pormenorizaban la historia de Earl Turner, un hombre racista y antisemita que coleccionaba armas de fuego. Al enterarse de que las leyes para la compra de armas eran cada vez más restrictivas, demostró una actitud desafiante ante el gobierno al hacer estallar un camión-bomba frente a las oficinas centrales del FBI en Washington.

—¿Qué ha pasado con la venganza de los davidianos? —inquirí en tanto bebía el último sorbo de cerveza. El asunto tratado en el libro me ayudó a exponer el tema.

—Sigue firme. Esta noche viene Mitchell. Nos reunimos con frecuencia a conversar sobre el asunto.

Con el pretexto de que tenía dolor de cabeza, me excusé con Tim para no estar presente en la conversación. Le pedí descansar en su dormitorio mientras Mitchell estaba con él en la sala. Sé que le apenó que no les acompañara, según lo pude percibir en su cara. Me ofreció un par de calmantes y me los tomé porque a pesar de que no padecía de ninguna dolencia, me ayudarían a descansar. Cuando el amigo llegó, ya me encontraba recostado en la cama. Presté oídos a toda la conversación porque ellos, al entusiasmarse con el tema, levantaban la

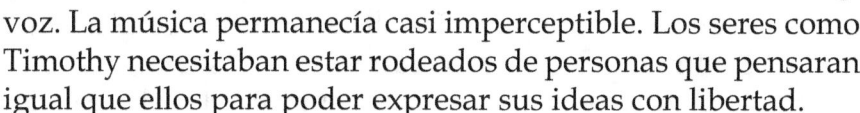

voz. La música permanecía casi imperceptible. Los seres como Timothy necesitaban estar rodeados de personas que pensaran igual que ellos para poder expresar sus ideas con libertad.

Discutieron sobre el incidente en Ruby Ridge. Tim volvió a recalcar que no podía permitírsele al gobierno que invadiera indiscriminadamente las casas de ciudadanos inocentes ni la matanza de gente buena. Apremiaba evitar más ataques de parte de los agentes federales. Nada de lo que hablaron esa noche era desconocido para mí. Timothy siempre repetía lo mismo. El fuerte ruido de una motocicleta que se acercó al remolque impidió que escuchara algo importante porque solo logré entender parte de una frase entrecortada: "No descansaré hasta… cuando llegue… me habré vengado". Cuando Tim abrió la puerta saludó al recién llegado. Se oyeron risas, una expresión de gracias, y un nos vemos luego. Era la voz de una mujer. No pude ver quién era porque Timothy sellaba las ventanas con papel periódico para evitar que lo observaran desde afuera o para bloquear un poco la luz.

Cuando volvió a imperar el silencio en el exterior, continuaron con el diálogo. Querían apelar a los sentimientos de los dirigentes de la nación norteamericana. Por consiguiente, lo que planificaban parecía ser algo descomunal para que nunca lo olvidaran.

—Nuestros conciudadanos han sido engañados con un aparente bienestar, pero todo es superfluo. Se trabaja duro, sin embargo, el dinero no rinde por el alto costo de la vida y porque hay que pagar muchos impuestos —dijo Mitchell. Ambos eran simpatizantes de las milicias antigubernamentales.

—¡Despierta, América! —gritó Tim y se echó a reír.

Por lo exagerado de su expresión, creo que por un instante se olvidó de que yo estaba en su dormitorio. Desde temprano en la tarde comenzó a beber y el alcohol ya estaba haciendo efecto. Mitchell llevaba en el tráiler casi una hora y la nevera se abrió varias veces al igual que la puerta principal que continuó abriéndose y cerrándose constantemente desde el momento que se alejó la motora. Los amigos efímeros de Timothy saludaban y se marchaban rápido. *¡No puede ser!*... Llegó a la habitación un olor como a cuerda quemada y reconocí de inmediato que se trataba de mariguana. En otro tiempo disfrutaba de su humo. El último porro que me fumé, hace dos años y medio, me puso en un viaje de total aturdimiento, con la cabeza como si fuera un huracán que se desplazaba dando vueltas a ciento cincuenta kilómetros por hora; trataba de relegar al olvido la crisis económica en la que estaba sumergido. Quedé convencido de que "maría", como le llamaba a la droga, se encontraba en la boca de Tim o de Mitchell o quizá en la de los dos.

Cuando Mitchell se marchó, Timothy entró al dormitorio. Cerré los ojos para que pensara que estaba dormido. Se lo creyó porque caminó de puntillas para no despertarme. Buscó en el ropero algo y salió sigiloso, no sin antes apagar una lámpara colocada sobre una mesita adosada al lecho. Esa noche, y un par más, me hice dueño de su cama. Al día siguiente me propuso que pernoctara en el cuarto el resto de mi estadía. Sé que el futón debía de ser incómodo por su estatura, pero no me importó. A los huéspedes siempre hay que ofrecerles lo mejor.

***

A las nueve y tres el olor a panqueque tostado me despertó. Como el cuarto de baño estaba al lado de la cocina, tenía que pasar por allí para asearme.

—¡Eh!, buenos días. Por fin te levantas. ¿Dormiste bien?

—Buenos días, Tim. Sí, dormí toda la noche. Voy a pasar… —dije sin concluir la frase porque le señalé la puerta del baño.

Me sorprendió ver tanta variedad de alimentos para un desayuno de sábado: panqueques con sirope de arce, huevos revueltos, salchichas fritas, una canasta con albaricoques, manzanas y peras; sobre la barra había una caja de hojuelas tostadas de maíz y un cuartillo de leche. Sin embargo, yo ahora comía algo ligero en la mañana del séptimo día porque en Monte Carmelo aprendí a ayunar ese día. Cuando ya estábamos sentados a la mesa me comentó que prefirió hacer varios platos porque no sabía qué deseaba desayunar.

—Si algo no te agrada, me lo dices para no repetirlo.

—Ese es mi gran problema, como de todo, aunque he cambiado mis hábitos alimentarios con una dieta rigurosa —respondí.

Tim observaba mi frente. Nunca me había visto sin la gorra y desconocía que estaba casi calvo, pero no hizo ningún comentario; ni hubo un cambio de expresión en su rostro como las manifestadas por Koresh o por Smith cuando descubrieron mi cabeza afeitada: ambos fruncieron el ceño.

Quedé perplejo cuando Timothy me contó toda la conversación que sostuvo con Mitchell la noche anterior. No omitió nada. Incluso la expresión que escuché a medias por el sonido de la moto la pude completar: "No descansaré hasta que el ataque de represalia haya ocurrido. Será una explosión. ¡Una gran bomba!, cuando llegue ese día me habré vengado". Al confesarme cuál era su plan para vindicar a aquellos cuyos gritos fueron ahogados, ratificaba que tenía confianza en mí. Esta aseveración provocó un desconcierto en mi mente. Entré en una crisis que tuve que disimular. Hubo en mi interior un conflicto momentáneo, como el que me ocurrió cuando Smith me pidió que colaborara con él. Una lucha entre el bien y el mal, entre la verdad y la mentira, entre la lealtad y la traición; produjo en mí desasosiego, ocasionándome unos retortijones en el estómago que me obligaron a abandonar la mesa y a caminar a toda prisa hacia el baño.

Preferí quedarme todo el día en el tráiler por si se presentaba otra vez la emergencia, pero no la hubo. En la noche, mientras veíamos una película, me ofreció un cigarro de mariguana. Fumé, también bebí mucha cerveza. La mezcla de la hierba y el alcohol me arrebataron al punto de que todo lo que él me dijo o yo le pude comentar, lo olvidé por completo. Sentí escalofrío de solo pensar que estuve unas horas inconsciente hasta quedar dormido. *¡Y si le dije que yo…! ¡Estoy perdido!* Al volver en mí, vomité el pedazo de pollo asado y las papas hervidas que comí en la cena y tuve que aceptar unas pastillas para la migraña. Estaba intoxicado, comprendí que mi cuerpo rechazó la droga. No quise volverla a probar, tampoco él insistió.

\*\*\*

Timothy y Teddy parecían nómadas porque se mudaban

de un sitio a otro para evitar que la conspiración se malograra. En septiembre, Tim regresó a Michigan para estar cerca de los hermanos Nicholson y hacerlos copartícipes de su plan. Jake, que era el mayor, tampoco simpatizaba con las acciones del gobierno. Odiaba a los policías; comentaba en ocasiones que los estrangularía a todos. Ese otoño fue una época de experimentación y de vagar en la finca, conversando los tres sobre cómo se debía de ejecutar el plan trazado por Tim; mejor dicho, el proyecto que yo le diseñé; debo aclarar que Smith delineó. Todo era una cadena de mentiras recurrentes: no sabía quién le daba órdenes a Smith o si todo lo que me pedía se originaba en su mente psicópata. Tim me alababa por ser imaginativo, cualidad que él no poseía aunque era excelente para seguir instrucciones. Ciertamente, se comportaba como un obrero, no como el jefe: ¡no tenía las aptitudes de un líder! Nadie le ganaba en el tiro al blanco; era un as haciendo negocios, buscando dinero, ejecutando órdenes; por eso fue un soldado sobresaliente, pero de dirigente, nada. Cuando Tim se dio cuenta de lo provechoso que les eran mis consejos, decidió mantenerme en el anonimato. Nunca me presentó a Teddy ni a Jake ni a Mitchell. Aunque con este último fue diferente, pero no quise conocerlo la noche que coincidimos en el tráiler. Preferí el dormitorio para oírlos hablar sin reparo. Sospeché que si debutaba ante sus amigos lo podía opacar y era posible que él no estuviera dispuesto a sufrir una degradación como las que tuvieron todas sus condecoraciones, que debían de estar cogiendo polvo en la casa de su padre en Pendleton. En el tráiler no me mostró ninguna medalla ni pergamino en reconocimiento a sus méritos como soldado de la Infantería de Marina estadounidense.

Jake, Teddy y Timothy se pasaban muchas horas mezclando diferentes químicos, incluso fertilizantes como el nitrato amónico, que colocaban en las latas de cervezas que consumían para hacerlas volar como proyectiles. Se divertían observando cómo explotaban. Incluso hacían ciertos cálculos entre la capacidad del envase, la cantidad de aditivos que les echaban a cada recipiente y la distancia donde caía el residuo más lejano.

—Marlene, tráenos tres cervezas —gritó Teddy. Lo escuché por el auricular mientras yo conversaba con Tim, quien estaba en la finca con ellos.

Ella era la reciente esposa de Teddy. Prefería a las mujeres hispanas porque, según él, las norteamericanas no eran sumisas ni toleraban a los machistas. El único vínculo que le quedaba a Teddy con Lina Bonilla era su hijo Joseph. Marlene se quejaba con su padre, que vivía en las Filipinas, del maltrato que recibía de su esposo, de su cuñado y de Timothy; pero a estos no les importaba para nada la opinión ni las quejas de la joven. Para ellos, la mujer estaba para servir al hombre y la trataban como a una esclava. Ella tenía un hijo de dos años. Fue su única aportación al matrimonio. A Timothy le molestaba que su amigo tuviera que mantener un niño que no era suyo. Consideraba que con el infante y con la niña que venía en camino, Teddy tendría una carga monetaria triple porque también pasaba pensión por Joseph y le preocupaba que el plan se pospusiera por falta de dinero.

***

Hubo una época en que los gastos en tarjetas prepagadas fueron excesivos para Tim ya que sus llamadas eran más frecuentes cada día. Una tarde recibí más de cinco toques.

—¿Qué te parece un edificio F en Phoenix para lo que tú sabes? —preguntó Timothy. Por teléfono él hablaba con prudencia, yo no.

—Déjame pensarlo. Te llamo más tarde —dije. Colgué y volví a levantar el auricular para marcar el número de Smith, a quien tenía por consejero.

No transcurrieron diez minutos cuando el aparato comenzó a timbrar otra vez.

—Lo de bombardear un edificio federal no es mala idea, pero Phoenix no me parece el lugar adecuado, está muy al oeste. Yo buscaría algo por el centro.

—¡Cállate! Hablemos en clave.

***

—¿Qué te parece Omaha? Está al centro —comentó Tim en otra llamada. Gracias a que Smith me dio ciertas indicaciones, no tuve que inventar un pretexto para posponer la respuesta.

—¿Sabes quién es Ricky Bond? —indagué.

—El nombre me es familiar, pero no recuerdo quién es.

—Era el portavoz de ATF cuando el cerco de los davidianos.

—¡Claro! El muy desgraciado que no cumplió con la función de mediador.

—Pues a él lo premiaron con un puesto de director en la Oficina de Transportación de Oklahoma.

—¡Ah, sí! ¡Qué bien! La sangre tuvo recompensa para él… He cambiado de opinión, no será Omaha. Bajaremos un poco más al sur. Nuestra ciudad será Oklahoma. ¿Me escuchas?

—Claro.

—¿Tú sabes dónde se encuentra esa oficina?

—Sí, en el Edificio Federal Alfred P. Murrah —dije satisfecho. Misión cumplida.

# III

*El derecho es más precioso que la paz, y lucharemos por las cosas*
*que más cerca han estado siempre de nuestro corazón.*
Edmund Wilson

La venganza, aunque tardía por falta de dinero, sería gratificante para Timothy porque se había convertido en una obsesión para él. Su fracaso en los boinas verdes y el ideal, no logrado, de ser un general, fueron golpes que le provocaron un coraje desmedido consigo mismo y con el sistema operante en los regimientos.

El veintidós de noviembre recibí una llamada de Timothy desde Decker, donde vivía con Teddy y su familia, pero esta vez no era para hablarme de bombas ni de Oklahoma ni de nada concerniente al nuevo movimiento patriótico que se solidificaba en Michigan; sino para decirme que Jayson, el hijo de Marlene, estaba muerto. Mi cuestionamiento fue: cómo un niño de dos años, saludable, pertenecía a los que dormían sin el privilegio de volver a despertar al día siguiente. ¡Era inconcebible!

—Yo lo encontré —susurró Timothy con palabras entrecortadas—. Murió asfixiado. La cabeza del pequeño estaba cubierta con una bolsa plástica.

A pesar de que Timothy trató, por todos los medios, de resucitar al niño, fueron inútiles todas las técnicas aprendidas durante su entrenamiento militar. Cuando halló al infante tendido en el piso del dormitorio, el cuerpecito tenía la temperatura de la muerte.

Días después, Marlene le comentó a la comadrona que la ayudó con el parto de la niña, que sospechaba que Timothy y

Teddy estaban involucrados en la muerte del hijo que ella tuvo con otro hombre en Filipinas. El propio McVeigh escuchó, desde una habitación contigua, cuando la mujer, consternada, los acusaba a los dos. Incluso los familiares de Marlene, desde la isla en el Pacífico, le recomendaron exhumar el cadáver e indagar si fue un accidente u homicidio. En la investigación, el principal sospechoso era el huésped de los Nicholson, pero al no encontrar pruebas suficientes se disiparon todas las dudas y nunca se desenterraron los restos. Marlene no fue la única en acusar a Timothy; Joseph, el hijo mayor de Teddy, le confesó a su madre que tenía la certeza de que a McVeigh no le gustaban los niños. "Siempre ha sido indiferente conmigo", manifestó Joseph.

Hasta yo sospeché que fue un crimen. ¿Cómo un niño se va a bajar de la cuna para coger una bolsa plástica que estaba dentro de una canasta con guineos y se la va a colocar en su cabeza? Tuvo que haber sido ayudado por alguien. Pero, ¿quién? Posiblemente el mismo Teddy, que cada vez que veía al niño le recordaba la infidelidad de su novia, ahora su mujer. Quizá no le había perdonado la traición y sus consecuencias o el llanto a dos voces: Jayson por un lado y la recién nacida por otro, perturbaba el sueño de algún habitante de la casa. ¡Con tantos chiquillos que atender y dinero que gastar en ellos nunca se fraguaría la venganza! No sé cómo ese caso se cerró tan rápido. Pensé que Smith influyó para que el expediente se archivara; él necesitaba que Timothy ejecutara el proyecto trazado. A partir de ese incidente se debilitó un poco la amistad que reinaba entre los dos ex infantes de marina o, por conveniencia, quisieron disimular.

***

Timothy estaba afligido por la muerte de Jayson y quise solidarizarme con él. Le conté que a mí no me gustaban los niños. "Son muy necios…", le dije, y agregué: "…un muchacho con una rabieta es como ver al diablo enfurecido por un instante". Aunque tengo que reconocer que mi trato con los menores fue diferente en Monte Carmelo porque veía cómo los chicos

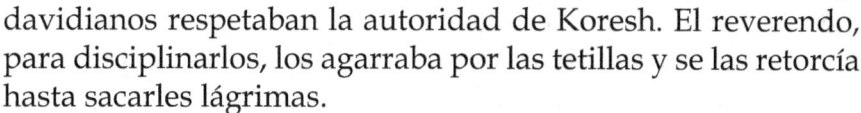
davidianos respetaban la autoridad de Koresh. El reverendo, para disciplinarlos, los agarraba por las tetillas y se las retorcía hasta sacarles lágrimas.

—¿No te he contado que por culpa de un mocoso a mí me expulsaron de la escuela? —pregunté conociendo la respuesta: "no". Nunca había tratado ese tema con Timothy.

En ocasiones, les preguntaba a los alumnos si eran maltratados por sus padres. Un negrito, descendiente de haitianos, al finalizar la clase se acercó y me dijo que su mamá lo arrodillaba en un rallador cuando se portaba mal. Hablé con una trabajadora social para que investigara el asunto. Tres días después, la altiva madre de Pierre me esperaba en la oficina de la consejera. Estaba tan indignada con las acusaciones, que me maldijo en francés. Lo que ella no sabía era que yo dominaba ese idioma, pero me hice el desentendido; aunque no niego que me aterró el maleficio. Jamás apartó su vista de la mía, ni siquiera cuando tuvo el atrevimiento de tildarme de loco. Expresó que su hijo cuando estaba en la casa se burlaba de mí, porque siempre me encontraba hablando solo en el recinto. Percibí el ambiente muy cargado; no creía en supersticiones, pero la mirada que lanzaba sobre mi rostro no me gustaba; comenzaron a sugestionarme aquellos ojos grandes. Aproveché el toque del timbre para salir de la oficina. Dejé a la trabajadora social y a la susodicha mujer sin concluir la polémica. No me importó. A prisa me dirigí al salón de clases, el receso había finalizado. Tenía la mente en blanco o quizá ennegrecida. No quería pensar en nada de lo que me dijo la haitiana altanera.

—¡Qué se ha creído, dizque loco yo!

Al llegar al aula, encontré a Pierre junto a otros niños. Murmuró algo y los demás se rieron. La algarabía me perturbó. Llegué a la conclusión de que Pierre era un detractor. No me importaron sus siete años; lo encontré grande y pequeño al mismo tiempo; inocente y perverso a la vez. Lo último que recuerdo fue que agarré una regla de madera del escritorio. Después todo fue oscuridad...

Cuando desperté estaba dentro de un cubículo en una sala de emergencias, en una camilla con un suero intravenoso en el que colocaron un sedante. El director de la escuela leía el periódico sentado en una silla justo al lado de mi cabecera.

—¿Qué me pasó?... ¿Por qué estoy aquí? —le pregunté.

—¡¿No recuerdas nada?!

Le contesté que no. Se rascó la cabeza. Percibí que no quería contarme lo ocurrido en ese momento, pero se paró, carraspeó y me dijo:

—Laceraste las manos de Pierre. Le pegaste con la regla hasta romperla. Los niños, para defenderlo, se arrojaron contra ti, pero a pesar de ser tantos, te los quitabas de encima con ira. Gritabas y decías improperios, primero en inglés y luego en francés. En ocasiones mezclabas los dos idiomas. Tu cara enrojeció como si toda la sangre se hubiera concentrado en la cabeza y las venas de las sienes estaban a punto de reventar. Cuatro profesores te sujetaron mientras llegaban las ambulancias a recogerte a ti, a Pierre y a dos niños heridos que lanzaste bruscamente al suelo. Uno se fracturó el brazo y el otro sufrió algunos hematomas al caer. Los padres amenazaron con demandarnos. Es una situación difícil para la escuela.

No quise hacer ningún comentario. Cerré los ojos para que terminara de hablar. Me dejaron en observación veinticuatro horas y luego me enviaron a la casa a descansar por una semana con una lista de medicamentos que me tenían atontado todo el tiempo, por lo que permanecí en la cama durante esos siete días. Al llegar a la escuela, luego de la licencia por enfermedad, fui conducido a la oficina del director por un guardia escolar. Me recibió con la carta de cesantía en sus manos.

—Es lamentable, pero por tu condición no puedo dejar los niños a tu cargo.

—¿De qué condición habla? Una crisis le puede dar a cualquiera y más si la acusación imputada es falsa.

El director me sugirió con sutileza que entretanto me acogía al desempleo, solicitara una incapacidad al Seguro Social. Que con el episodio ocurrido en la escuela, el testimonio de él y los demás profesores y el diagnóstico médico no tardaría mucho en ser aprobada mi petición.

—¡Yo no estoy loco! ¿Cómo voy a decir que estoy enfermo de los nervios cuando no es cierto? Eso sería engañar al Estado.

Se disculpó, pero recalcó que era lo más conveniente para mí y para la escuela. Fui un terco por no hacerle caso, porque a partir de ese día todas mis finanzas disminuyeron. Aunque era de la opinión de que los que buscaban una jubilación por trastorno mental siempre enloquecen.

***

La familia Nicholson se trasladó a las Vegas y Timothy regresó a Kingman al parque de remolcadores en febrero de 1994. En esta ocasión su comportamiento no fue grato a sus vecinos porque ponía la música rock a todo volumen, bebía cerveza durante el día y tiraba las latas por doquier, le regalaron un perro y lo llevó a vivir con él, a pesar de estar prohibido tener mascotas en el lugar, pero lo peor de todo, vendía drogas sin miramientos porque carecía del dinero para comprar los artefactos necesarios con el fin de llevar a cabo su plan.

Como los dólares había que conseguirlos sin importar la procedencia, le propuse a Timothy que robara. Él, ayudado unas veces por Mitchell y otras por Teddy, robó no solo a negocios pequeños, sino también a grandes armerías. Estos establecimientos eran los preferidos de McVeigh porque, siendo experto en materiales bélicos, se le hacía muy fácil seleccionar los artefactos que hurtaba para luego venderlos a buen precio. Si necesitábamos dinero en efectivo, por qué no buscarlo donde se almacena en grandes cantidades; por eso le planteé a Timothy el asalto a un banco. Fue la primera vez que rechazó mi proposición; él no quería estafar a un banco.

—Son dos cosas distintas. Yo no hablo de timar, lo que quiero es un acometimiento sorpresivo a una de esas instituciones que decoran sus faltas con un lujo excesivo para embobar a los clientes. ¿Tú no crees que sea un fraude que te aumenten a una tasa exorbitante los intereses de las tarjetas por un tecnicismo contractual? A los que no pueden pagar hay que bajarles los intereses, no subírselos hasta estrangularlos.

Me puse furioso. Cuando tocaban un tema que me recordaba la debacle que hicieron las tarjetas de crédito contra mí, no paraba de discutir. Timothy fue renuente a seguir las instrucciones. Dijo no importarle las instituciones financieras; sin embargo, sabía del alto riesgo que conllevaba atracar una de ellas. Él no podía ir preso sin ver acabada la conspiración.

—¡Está bien, no se hable más del asunto! —argumenté para tranquilizarlo. En verdad, esa noche ambos estábamos susceptibles y de cualquier cosa nos irritábamos con facilidad. Decidimos finalizar la llamada y hablar al día siguiente. Mientras más se acercaba la fecha pautada para la venganza, más tensa se ponía la situación entre nosotros.

\*\*\*

Las ideas que surgían eran volubles porque el plan aún no estaba concretado. Nada era final. Todo cambiaba día a día, unas veces se mejoraba el proyecto y otras se quedaba igual, a pesar de estar hablando y discutiendo sobre el asunto durante horas. Hubo una época, a comienzos de 1995, en que la estrategia se nos salía de control. Cuando pluralizo me refiero a Smith y a mí. Quizá Timothy no me estaba dando la suficiente información o no llevaba a cabalidad los consejos que recibía de mí. Por eso, Smith me indicó que era el tiempo de estar más cerca de Tim, que me tenía que trasladar permanentemente a Kingman hasta que todo llegara a su fin. Por suerte, no tendría que vivir en el parque Canyon West Mobile porque hacía varios meses que echaron a McVeigh de allí.

Dos días antes de salir de Waco, hubo un asalto a un banco. Según la prensa, el individuo entró enmascarado a una pequeña sucursal, aprovechó que el guardia estaba en el baño para amenazar con un arma a la cajera, quien le entregó cerca de tres mil dólares y describió al malhechor como de unos cinco pies y medio y de fuerte musculatura. Por suerte, no había clientes al momento del robo.

La sorpresa fue cuando Smith me visitó, al día siguiente, y me entregó una bolsa con el dinero hurtado.

—¡Esto es para ayudar a tu amiguito Tim con la causa! —dijo sonriendo.

—¡Pero te has vuelto loco! ¿Qué le voy a decir?

—Que como no aceptó la propuesta del asalto, tú la llevaste a cabo. Eso te dará un voto de confianza. Y le demostrarás que eres más arriesgado que él.

—Y cuando encuentren al tipo, ¿qué haré?

—No te preocupes, nunca aparecerá —expresó Smith haciendo una breve pausa para abrir su maletín y sacar un recorte de periódico. Observé dentro un plano doblado de tal forma que dejaba ver parte de la tarjeta de información: Alfred P. Murrah Federal Building, Oklahoma—. Llévale la evidencia de tu fechoría —dijo al pasarme la noticia.

—¿Y si Tim quiere que asalte otro banco en Kingman? —manifesté preocupado.

—Le dirás que él tenía razón, que el asunto es muy arriesgado. Que fue un golpe de suerte, pero que no lo volverás a hacer. Te aseguro que Tim tampoco querrá hacerlo, ya te lo confirmó.

***

Smith poseía un conocimiento increíble del comportamiento humano porque la reacción de Timothy fue tal como la anticipó. Se sorprendió de mi valentía y de lo desinteresado que era al entregarle todo el dinero robado. Claro, en el recorte de periódico no se especificaba la cantidad exacta de dinero: "la cajera entregó cerca de tres mil dólares". Cuando recibí la bolsa, no tuve necesidad de contar los billetes porque Smith de inmediato me indicó que había dos mil novecientos veinticinco. Saqué un Benjamín Franklin como paga por manejo y entrega. Por eso, cuando Timothy habló de honestidad, sonreí al recordar el billete de cien en mi bolsillo. Me dieron ganas de quedarme con todo, pero tuve miedo de que Smith se enterara. El hombre era tan astuto que muy bien podía tener a otros dentro de la red trabajando para él. Ayer mismo, Timothy me comentó que un carro negro lo venía persiguiendo. Pudo ser cierto o su paranoia se incrementaba cada día.

En otro asunto que Smith acertó fue cuando dijo que Timothy realizaba cosas y no me las informaba. Tim me confesó que habló con Teddy para asaltar bancos y que ambos hicieron un par de robos en Arizona, Nuevo México y Texas, pero que no quiso tratarme el tema por teléfono porque era muy arriesgado. ¡Ah! *Tendré que llamar a Smith para decirle que por primera vez se equivocó, porque Timothy era un ladronazo bancario.*

McVeigh tenía todos los explosivos que utilizaría para preparar la bomba en un almacén bien custodiado. En octubre del año pasado, Teddy y él robaron una cantidad considerable de un depósito en Marion, Kansas, y lo trasladaron a Kingman para guardarlo junto al que compraron.

***

—Hay que mezclar el nitrato amónico con combustible y nitrometano —leí en voz alta para que Timothy lo oyera.

Esto no se parecía a una receta culinaria, eran los ingredientes, mejor dicho, los componentes que se utilizarían para fabricar la bomba que se colocaría en el edificio federal en Oklahoma. Según me comentó Timothy, el poder del nitrato de amonio lo conocía su amigo Teddy desde muy joven. Disfrutaba ver a su padre introducir el fertilizante con aceite de motor en el interior de los troncos de los árboles para hacerlos estallar y usarlos como leña. Esa bomba de fabricación casera fue utilizada, también, por agricultores para explosionar los terrenos y construir canales de riego. Sin embargo, el nitrometano era un combustible poderosamente volátil que se estabilizaba con algún tipo de sustancia gelatinosa. Según la información para construir bombas, que encontré en un manual fascista que Timothy me prestó, advertía que el explosivo requería el uso de un detonador para hacerlo estallar y una fuente de alimentación, como la batería de un vehículo o de un celular.

Del manual se obtuvo la fórmula con las cantidades recomendadas para fabricar un artefacto explosivo de gran magnitud. En la habitación del motel donde estábamos hospedados había una mesa rectangular que fungía de escritorio. La teníamos atestada de papeles, libros de historietas y revistas. Me recordó el rincón de trabajo en mi dormitorio de Monte Carmelo que siempre estaba desorganizado.

—Construiremos un camión-bomba y lo estacionaremos frente al edificio —dijo Timothy, mientras hacía unos cálculos en su computadora portátil.

—Como Earl Turner, el protagonista de *Los diarios de Turner*, que hace estallar la oficina del FBI en Washington — comenté para que se diera cuenta de que no olvidaba la novela que me regaló.

—Efectivamente, pero nuestro destino no será la capital.

Cuando Timothy hablaba del ataque de venganza, sus ojos cambiaban de aspecto: destellaban como queriéndoseles salir del globo ocular. Más que una guerra declarada contra el edificio federal en Oklahoma era un contrataque, como si fuera un eco, por la serie de violaciones cometidas por el gobierno. Se produjo un instante de silencio; me extrañó porque Timothy, por lo general, nunca se callaba. Hacía un dibujo. Me puse de pie con discreción para no estropear su inspiración. Al acercarme pude ver el esbozo. Recordé la traza, sin borrar, que él dejó en el suelo de Monte Carmelo el día que nos encontramos: una línea horizontal y dos ceros a ambos extremos que tocaban la raya en la parte inferior. En ese instante no pude interpretar el dibujo, pero ahora sí porque lo apreciaba en su totalidad: un camión con una gran perforación en la caja, simulaba una explosión. Los ceros representaban los neumáticos del vehículo.

Llegué a la conclusión de que Timothy supo desde siempre de qué forma vengaría la injusticia cometida contra la secta. El dibujo hecho en tierra davidiana lo confirmaba. Supuse que los trazos en el suelo eran símbolo de la alianza que él hizo en ese momento, o quizá antes, con una comunidad que fue consumida. No quise hacerle ningún comentario de lo que pensé. Volví a la butaca en la que estuve sentado y continué leyendo el manual para ver si encontraba algo interesante que pudiera romper el silencio que nos impusimos involuntariamente. Transcurrió un largo rato, treinta y seis minutos para ser exacto, porque al sentarme vi la hora en el reloj que estaba frente a mí en una de las mesas de noche. Timothy tenía sus ojos fijos, no sé si en mi rostro o tal vez en mi calva; quizá miraba sin ver; de esas veces que el pensamiento nos ciega. En realidad me observaba.

—¿Tus padres son norteamericanos?

—Sí, ¿por qué? —conocía la respuesta. No era la primera

vez que alguien me lo preguntaba.

—Tu cara… las facciones de tu cara no corresponden al prototipo estadounidense. Tampoco la estatura.

Eso ya lo sabía, por qué recordármelo. Estaba consciente de que mi estatura no alcanzaba ni siquiera la promedio del país. Todo esto era parte de mi trauma, porque no me parecía a mis padres.

—¿De dónde vienen los Black? Tengo la impresión de que te he visto mucho antes de conocerte en Monte Carmelo.

Me molestaba que me escrutaran. Mi talón de Aquiles era que me interrogaran sobre mis ascendientes porque ni siquiera yo sabía si procedía de la familia que me crio. Dudé en innumerables ocasiones, pero a veces, y por conveniencia, hay que desentenderse de las interrogantes que surgen para no sufrir o para no perder los privilegios recibidos.

—Escocia —contesté enseguida y para desviar el tema hacia su linaje le pregunté—. ¿Y los tuyos?

—De la isla vecina, Irlanda.

Procedían de la tierra de Oscar Wilde, que llamaban Isla Esmeralda. ¡Wao!, me gustaría ir a Dublín y recorrer todos los campos para comprobar si el verdor de sus valles es más intenso que el de Puerto Rico. Logré cambiar la conversación de nuestros ancestros. Timothy tenía unos temas preferidos que le apasionaban, pero descubrí que se desenvolvía muy bien en cuestiones de cultura en general. Me habló de literatura y de los tres escritores irlandeses que, hasta ese momento, fueron galardonados con el Premio Nobel: Shaw, Yeats y Beckett. Lo que jamás imaginé fue que en ese año, 1995, la fundación sueca Alfred Nobel reconocería el mérito de otro irlandés, Seamus Heaney, por su obra *Norte*. ¡Qué ironía!, Alfred Nobel dedicó su vida al estudio de explosivos; nosotros buscábamos la fórmula más efectiva para destruir un edificio en Oklahoma que llevaba su nombre de pila: Alfred P. Murrah.

—Estamos muy tensos. ¿Por qué no salimos a distraernos un poco? —comenté. Me comenzaba a aburrir el estar encerrado todo el día.

Transitamos sin rumbo; a Timothy le agradaba ese tipo de excursión. Después de recorrer un par de millas, de repente

me dijo alterado:

—Ron, esa motora nos está persiguiendo.

—¡Vas a comenzar con tu manía! Es la cuarta vez en esta semana que sales con lo mismo.

—Sí, sí, lo sé, pero ese hombre viene detrás de nosotros desde que nos montamos en el carro.

—¡Pues, dobla en la esquina! —dije para ver si se tranquilizaba. Entramos a la vía Stockton Hill Road, dejando atrás el vehículo de dos ruedas. Al pasar frente a The Hastings, una tienda de libros, música y video, decidió visitar el establecimiento para tener la seguridad de que la motocicleta había tomado otra ruta.

Alquilamos la película *Blown Away*, compramos comida china por el autoservicio y regresamos al Imperial, el motel donde nos hospedábamos.

Tommy Lee Jones, ganador en 1993 del premio de la academia como mejor actor de reparto en *El fugitivo*, personificó a un atacante irlandés: Ryan Gaerity que se escapó de la cárcel en su país natal, viajó a Estados Unidos y se dedicó a colocar explosivos con una intención sinuosa. Su objetivo era Jimmy, un miembro del escuadrón de bombas de Boston, quien estuvo obligado a enfrentarse a su pasado inquietante y a su antiguo mentor, convertido en un enemigo acérrimo. El filme de dos horas nos mantuvo en tensión desde el inicio; Timothy no habló en ningún momento mientras lo veíamos. Durante la escena en que Jeff Bridges entra a la universidad a desarticular una bomba, me dio una ansiedad tan grande que quise canalizarla con un comentario, pero Timothy con un "Shh" me mandó a callar. Cuando finalizó el largometraje abrió la boca solo para decirme: "¿La vemos de nuevo?". Según mi reloj, eran las once y once. Me recordó que el despertador marcaba esa hora la primera noche que entré a la habitación trescientos treinta y tres del Americas Best Value Inn. No puedo explicar por qué me producía tanta alegría ver las once y once en la pantalla de un reloj digital, quizá porque para mí esas cuatro líneas verticales paralelamente equilibradas y simétricas representaban la perfección del tiempo o porque Jessica, por lo general, a esa hora estaba conmigo en mi dormitorio del rancho; era el clímax de

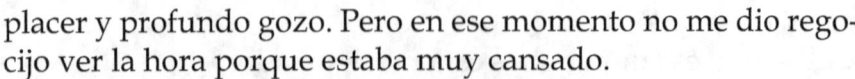

placer y profundo gozo. Pero en ese momento no me dio regocijo ver la hora porque estaba muy cansado.

—No, prefiero dormir —respondí.

\*\*\*

—¿Te gustó la película? —preguntó Timothy al día siguiente.

—Sí, por supuesto. El final estuvo muy bueno, a pesar de que el negro se salió con la suya atribuyéndose la victoria. Le quedó estupendo chantajear a Jimmy para no denunciarlo por ser un exterrorista irlandés y haberse cambiado la identidad.

Timothy comentó que se había acostado pasadas las tres, luego de ver dos veces más la película dirigida por Stephen Hopkins. Que bajó el volumen del televisor para no perturbarme. Lo que no sabía era que cuando duermo no hay ruido que me despierte. Él, sin embargo, no pudo conciliar el sueño hasta las seis de la mañana. El filme lo puso a meditar el resto de la noche. A mí también me dejó inquieto porque nosotros, en apenas ocho días, íbamos a ser copartícipes en un hecho similar al que vimos en la cinta *Blown Away* o al que leí en la novela *Los diarios de Turner*.

Entretanto, no sabíamos qué podía ocurrir… Si Timothy se arrepentía a última hora, yo tendría que llevar a cabo el proyecto hasta el final. Esas eran las instrucciones de Smith; por eso me encontraba allí con el exmarine que mató a un iraquí y ahora no se sabía a cuántos más eliminaría con la explosión del edificio de nueve plantas. *¡Oh, los niños!* Imaginar que todo se iba a echar a perder porque cuando Timothy y Mitchell viajaron a mediados de diciembre a Oklahoma para conocer el Alfred P. Murrah, Tim descubrió que en el primer piso del complejo había una guardería infantil. Le conmovió ver jugar a los pequeños entre los árboles de pino decorados con luces porque se acercaba la Navidad. Hasta la gran foto de Santa Claus que colgaba en el recibidor del America's Kids Day-Care Center le impresionó porque la sonrisa del viejo le insinuaba que conocía de su conspiración.

—¡Ron, tenemos que buscar otro objetivo! El lugar está re-

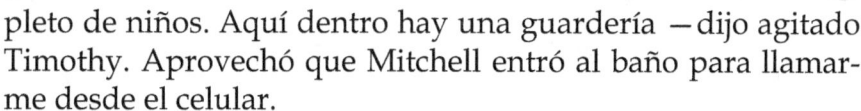

pleto de niños. Aquí dentro hay una guardería —dijo agitado Timothy. Aprovechó que Mitchell entró al baño para llamarme desde el celular.

Me quedé preocupado. No lo pude tranquilizar porque su amigo salió muy pronto del servicio sanitario. Llevaba casi dos años con los preparativos de la venganza; prácticamente el mismo tiempo que viví en Monte Carmelo. No sería por culpa de unos chiquillos que se iba a tirar todo por la borda. El plan no se aplazaría, la fecha estaba fijada para el diecinueve de abril, justo en el segundo aniversario de la masacre de los davidianos. Yo no podía esperar más para gozar de las promesas hechas por Smith. Si Timothy se arrepentía ahora, adónde irían a parar mis cincuenta mil dólares, mi boleto de ida a Puerto Rico, mi reivindicación del crédito y el reencuentro con Jessica. Smith me aseguró que cuando todo se realizara, él haría lo posible por regresarla a mi lado. Hasta me prometió que investigaría sobre el paradero de Nilka. Todavía recordaba su perfume de violetas en la ropa de cama. Me fascinaba descifrar los diferentes aromas en los atuendos y en la piel de las personas. Era lógico que Michaela Rose apestara a papel de periódico; sin embargo, olía a talco y siempre creí que usaba Flower. A Smith lo identificaba la esencia de cuero de su colonia, pero a veces percibía que su chaqueta estaba impregnada de humo de incienso y mirra. Timothy emanaba un hedor a salitre, azufre y carbón, como resultado de su práctica de tiro al blanco y de jugar con explosivos. Se liberaba de los residuos de la pólvora con el aseo habitual. No recordaba el olor de mi madre, era muy pequeño cuando ella murió; el de Dan, ese sí que no se me olvidaba: a tabaco. Y Jessica, ¿con qué loción se ungía?... Su fragancia estaba tan lejos de mi olfato como la de mamá. Era como si no tuviera efluvio. ¡Ah, sí!, Jessica olía como yo... a nada.

# IV

*La mente, una vez que adquiere las dimensiones de una gran idea*
*nunca vuelve a su tamaño original.*
Oliver Wendell Holmes

Timothy estaba alterado cuando comentó que quería enfocar su venganza hacia otro objetivo. Me habló de ideales, de escrúpulos… y no sé de cuántas cosas más. Lo escuché cuando decía entre dientes, que no quería mancharse con la sangre de criaturas inocentes. Todo este drama surgió desde el momento en que descubrió la guardería en el edificio federal. Para Tim, no hacerle daño a los niños se convirtió en un motivo más poderoso que destruir el Alfred P. Murrah.

—Hay que hacerse el ciego cuando se quiere dar una lección que se recuerde para siempre —dije a Timothy para que entrara en razón.

—Pero…

—A estas alturas, esa conjunción no es adecuada. En el asalto a la sede de los davidianos, el gobierno, ¿hizo algo por liberar a los pequeños? ¡Claro que no! Tampoco a las mujeres. Entonces, nosotros…

Teníamos que responderles al presidente y a todos sus oficiales con la pena del talión: niño por niño. Los llantos de los infantes se convirtieron en ecos que reclamaban venganza.

—¿Ya se te olvidó? A mí no —expresé y di por terminadas las objeciones.

Habían transcurrido cuatro meses desde la visita al edificio federal en diciembre. Todavía Timothy no se cansaba de decir que los pequeños eran criaturas inocentes cada vez que los veía jugar en los parques. ¡Me tenía harto! *Los niños, siempre los niños. Los niños son unos demonios.* Por un majadero haitianito perdí mi trabajo, pero no me quejaba. Gracias a Smith y a que laboré de bibliotecario auxiliar el dinero no me faltaba, y si todo salía como estaba planificado empezaría una vida distinta: Puerto Rico me esperaba. Yo no sería el redentor de la Isla del Encanto; ella iba a ser mi salvadora. Una vez volviera a Borinquen me olvidaría para siempre de las armas y de los explosivos; quería cambiarlos por la cerveza y el placer. Si Smith no encontraba a Jessica, le diría que tratara, por todos los medios, de localizar a Nilka, porque le quería pedir que fuera mi mujer. Y si las hallaba a las dos tendría una esposa y una amante.

—¡Oh, dos esposas! ¡Eso es! Si Koresh tuvo nueve, no veo el inconveniente de tener un par. ¡Aunque sea bígamo!

Me dejé crecer la barba; no tenía casi pelos en la cabeza, pero poseía una barba abundante. Fue una estrategia: quería lucir diferente a la imagen que me gustaba proyectar. Simplemente, si alguien observaba el atentado y hacía una descripción de mi persona, no me encontrarían porque tan pronto terminara el complot renovaría mi estilo:

—No volveré a usar más la gorra de las Panteras del Sur; exhibiré mi calvicie hasta llegar a Puerto Rico. Allí me someteré a un tratamiento para injertarme cabello; sé que hay muy buenos especialistas. Vi anuncios llamativos en los periódicos con promesas de devolverle al cuero cabelludo lo que le faltaba. Lo que no estoy dispuesto a usar para tapar la calva es un peluquín. ¿Y si alguien, por mofarse, lo hala?, o se me vuela con el viento o se me vira. ¡Qué va!, ni loco me lo pondría —dije con ansiedad. No sabía qué era más ridículo usar un postizo o descubrirme hablando solo.

Muchos inmigrantes llegan a los Estados Unidos en busca del sueño americano; yo, sin embargo, tendría que salir de estas tierras para realizar los míos. Casi siempre nadie está satisfecho con lo que posee.

***

Faltaba solo una semana para llegar a la meta: Oklahoma. Por esta razón, queríamos estar más cerca de nuestro objetivo. El día doce abandonamos el Imperial en Kingman y nos trasladamos a Kansas en el Chevrolet Spectrum de Timothy. Para ser exacto, el destino era Junction City. Durante todo el viaje, Tim se quejó de que la policía tenía fichado su Pontiac y que en cualquier momento nos detendrían. Por el delirio de persecución decidió deshacerse del vehículo al llegar a la ciudad de Junction. Recordé con nostalgia el día que los vi por primera vez: McVeigh estaba sentado sobre el bonete, vendía las pegatinas en la protesta en Waco. Nos convertimos en un trío que estaba a punto de romperse: Timothy, yo y el carro. El estado de paranoia andaba por la cúspide de la imaginación del exmarine; lo que el pobre no sabía era que el espía le acompañaba. Nos detuvimos en Elliot's Body Shop y de inmediato hizo el canje por un Mercury del 1977 al que le funcionaba muy bien la radio. Esto era importante, la música no podía faltar en la carrera diaria de Tim. El bálsamo mental le costó, además de entregar el Pontiac, doscientos cincuenta dólares. Un vendedor de Elliot nos indicó el camino para llegar al Motel Dreamland, que Teddy le recomendó a Timothy. El cielo de Kansas cobijaba a los dos amigos; Teddy arrendó una casa en el pueblo de Herington, estábamos a pocas millas de él. Al darle las gracias al empleado por su orientación quise tocar, por última vez, el carro que dejábamos en el estacionamiento. Era como hacerle una caricia a un perro que se quedaría sin compañía en la casa. Di unos cuantos pasos y un letrero llamó mi atención.

—Mira, Tim, aquí alquilan camiones.

—Ya me di cuenta. Uno como ese es el que necesitamos —dijo señalando un Ryder de veinte pies—. Regresaremos pronto a buscarlo. Será un alquiler sin retorno.

—Ojalá y el vehículo tenga una buena póliza, porque ni la tablilla se podrá encontrar cuando vuele en pedazos —dije echándome a reír.

Al llegar al Dreamland actuamos como si no nos conociéramos; según Timothy, no era conveniente que nos asociaran. Algo grande iba a ocurrir en unos días y de estar juntos podrían acusarnos de cómplices. No me molestó su decisión; por el contrario, me sentí cómodo de estar solo, así podría hablar con Smith sin temor a ser descubierto. Tim comentó que per-

maneceríamos en ese motel hasta que el atentado se cumplie-
ra. La información me complació por varias razones. Ya estaba
harto de visitar alojamientos: Hill Top, Mojave e Imperial eran
algunos de los nombres que recordaba. Hubo unos días en que
me importó muy poco saber en dónde me encontraba, porque
cuando los comparaba con el Hotel San Juan me entraba una
depresión que ni siquiera me apetecía salir de la habitación.
Pero lo que más me satisfizo del último motel visitado fue el
nombre, Dreamland. Puerto Rico no podía tener mejor significado. En mis últimas noches en este estado cundido de trigo
quería fantasear con mi regreso a la tierra prometida. La que
iba a recibir David Koresh por heredad.

El día quince, Timothy regresó a Elliot's Body Shop a separar el camión. Realmente fue Timothy McVeigh quien entró
al local, pero la tarjeta de identidad que presentó era de otro.
La licencia de Dakota del Sur que le ayudé a falsificar decía:
Roger Kirby. Para él era habitual cambiar de nombre durante
sus fechorías.

Timothy me entregó la llave de su habitación porque llevaría el Mercury a Oklahoma. El carro tendría que quedarse
allí hasta el día diecinueve; regresaríamos en él, luego del atentado. No pude acompañarlo porque le pidió a Teddy que lo
fuera a recoger y yo era su secreto mejor guardado. Se acreditó
como suya toda la planificación del complot.

Me puse a hurgar en las pertenencias de Timothy. Al abrir
una de las gavetas del tocador, recordé la inspección que hizo
Smith en mi apartamento de Waco. El objetivo de la búsqueda era descubrir alguna anomalía; un mapa de otra ciudad,
una ruta distinta, quizá un nuevo edificio. Debía garantizarle a
Smith que Timothy McVeigh no nos traicionaría a última hora,
que todo marchaba como se había planeado. *¡Mira lo que hay
aquí!* Las pistolas Desert Eagle y Taurus estaban en uno de los
cajones, guardadas entre los calzoncillos. Era extraño hallarlas
tan expuestas porque en el tráiler en Canyon West las tenía escondidas dentro de un armario bajo llave. Lo único que llamó
mi atención, además de una bolsa de dinero, fue un carnet con
la foto de Tim bajo el nombre de Danny Browne. No sé para
qué ni cuándo lo utilizó o si lo guardaba para un futuro.

***

—Aló, Smith, ¿me oyes? —dije porque se escuchaba la voz entrecortada—. /…/ ¡Ahora te oigo mejor! /…/ ¿Qué no puedes hablar porque vas a entrar adónde? /…/ ¿Y qué haces en la iglesia? /…/ ¡Hoy, Domingo de Pascua!... Sí, es verdad. Con razón la decoración de huevos y conejos en la recepción. En estos días solo he tenido la mente ocupada en explosivos. /…/ ¿Qué va a comenzar la misa? La señal está fatal. /…/ Seré breve. Ya Timothy debe de venir de regreso de Oklahoma. En la habitación no encontré nada de importancia. Recuerda que tenemos que hablar de mi dinero, cómprame el pasa… /…/ Está bien, hablaremos luego. /…/ ¡Feliz Pascua de Resurrección para ti también! *Ignoraba que ese rufián fuera católico. Bueno, es que de él nada sé.*

Al finalizar la llamada volví a pensar en mi país soñado. Quizá aprendí a amarlo por Koresh o, posiblemente, me atraía continuar con su causa. A David Koresh le pasó como a Moisés, que no pudo llegar a la tierra prometida, pero la visión que tuvo de ella fue en verdad impresionante, como si hubiera estado allí. Se me pusieron los pelos de punta cuando Quique, el chofer del taxi, me llevó a Jájome para ver una finca que estaba en venta. ¡Era increíble! Reunía todos los requisitos de la propiedad que buscaba: ubicada en lo más alto del pueblo de Cayey, desde allí se divisaba a lo lejos el mar Caribe. San Juan y Ponce, los dos puntos de referencia requeridos, equidistaban de ella. ¡Qué más se podía pedir! Recorrí el predio rústico y descubrí entre unos árboles de roble unas piedras grandes, que por su forma servían de asiento: *Esta será mi guarida.* Imaginé que besaba todo el cuerpo de Jessica, apretándola contra la peña. ¡Ah, otro detalle importante! En ese sector se encontraba la casa del gobernador. "¡Qué maravilla!, porque también se construirá la casa del reverendo", comenté cuando Quique me dio la información. Ese tipo, taxista del hotel, me dijo que estaba certificado como guía turístico y que le daría gusto mostrarme lugares que ni un letrado sabía que existían. No le hice caso. En el Toyota Tercel que alquilé descubrí muchos lugares. Siempre en busca de Nilka, indagaba sobre otras fincas en venta para justificar mi dilación en suelo borincano y llevar alguna estadística para cuando tuviera que rendir cuentas. Aunque en Jájome encontré la propiedad idónea, decidí no revelarle el hallazgo a Koresh porque finalizaría la misión y me obligaría a abandonar la isla de inmediato. El mes y medio que llevaba en Puerto Rico le estaba saliendo muy costoso a la secta porque cuando uno disfruta un par de días en el San Juan es muy difícil que se quiera cambiar de hotel. Para explicar mi estancia en la hospedería, le dije a David que indagué en varios establecimientos de alojamiento, pero que ninguno ofrecía mucha seguridad a pesar de estar muy alta la delincuencia en la metrópoli; que por eso en la agencia de viajes le recomendaron este. Exageré un poco para garantizar mi estadía. Desde la cuarta noche de mi llegada al Hotel San Juan, para no seguir detrás de Nilka, me refugiaba en el casino para jugar a la ruleta. No sé si las estrellas estaban a mi favor o si la isla me proporcionaba suerte, pero fui más afortunado que en Las Vegas y en Atlantic City. De no resultar agraciado, mis jugadas les habrían costado muy caras a los davidianos. Parecía como si alguien de lo alto velara por el dinero ofrendado para las obras suyas. Tuve miedo de hacer apuestas con dinero sagrado, por si acaso, decidí separar lo ganado del capital invertido y jugar solo con el usufructo.

—Rojo —dije, colocando una ficha de cien sobre el color en el tablero. Los demás jugadores hicieron sus apuestas a favor o en contra de mi jugada. Unos decidieron arriesgarse colocando su ficha en un número específico: tres, veinticinco, treinta y seis. Otros optaron por los pares o impares. La ruleta comenzó a dar vueltas y la bolita de plomo giraba al unísono con la rueda, rebotando en diferentes casillas—: ¡Sigue, sigue!, negro no... ¡Sí!

—¡Tres, rojo, impar! —anunció el crupier.

***

A pesar de que Timothy visitó varias veces la ciudad de Oklahoma, no conocía bien el distrito oeste, que era hacia donde nos dirigíamos en el camión de la Ryder. Aunque lucía sereno, yo esperaba que en cualquier momento le diera un ataque de pánico, y si no le ocurría a él, quizá me daría a mí. Desde que salimos del Dreamland, en plena alborada, mis manos estaban frías; a pesar de que la calefacción del vehículo permanecía encendida. Me temblaban los pies, mucho más que cuando Smith pronunció mi nombre al encontrarme sentado sobre aquel tronco en Monte Carmelo. Preferí hablar solo lo necesario porque tartamudeaba y mi voz repetitiva delataba mi nerviosismo. *Que no me falle la mente, que no me falle…* No quería caer en un letargo y despertar en el infierno o en la cárcel. Trataba de neutralizar mis pensamientos, pero los fuertes latidos del corazón no dejaban concentrarme. Cada vez que Timothy frenaba creía que del susto se me iba a reventar el estómago. A veces me quedaba sin aliento.

—Tranquilo, Ron, todo va a salir bien —dijo con serenidad y me dio unas palmaditas en el muslo izquierdo para calmarme. El gesto me puso más tenso porque quitó una mano del guía.

Ocho y veinticinco… ocho veintiocho; yo miraba el reloj con frecuencia. A las ocho y treinta estábamos muy cerca de nuestro objetivo, pero no podíamos estacionar el vehículo frente al Murrah por mucho tiempo porque era posible que la policía ordenara moverlo. La hora pautada para el estallido sería a las nueve y tres. El personal que entraba a las nueve de la mañana tendría la desdicha de morir del mismo modo que los empleados que laboraban desde las primeras horas del día. Recuerdo que tres minutos después de las nueve fue que me desperté cuando el exmarine me invitó por primera vez al tráiler en Arizona; por eso sugerí esa hora, Smith la aprobó y Tim asintió comentando que era bueno que todos los trabajadores estuvieran presentes. Recorrimos varias calles, dando vueltas locas como las que a Timothy le gustaba realizar, con la única diferencia de que no era un automóvil lo que conducía, sino un camión con cinco mil libras de explosivos. Dijo que era conveniente verificar si el Mercury todavía estaba en el lugar donde lo estacionó el domingo. Dio un viraje hacia el este y abandonamos la avenida Broadway. Cruzamos la vía férrea. Los rieles no estaban nivelados con el pavimento, lo que produjo un leve salto en la caja trasera.

—¡Algo se movió ahí detrás! —grité y señalé con el pulgar la zona de peligro.

—Me estás poniendo nervioso. Para que eso explote hay que activar el fusible que está debajo de tu asiento.

—Sí, pero ten más cuidado cuando volvamos a pasar.

El final de la calle Octava era una zona de poco tránsito, con edificios abandonados y algunas fábricas. Lo vimos desde lejos; estaba allí, la pintura amarilla lo delataba. Al pasarle por el lado observé que dentro, colocado en el parabrisas, tenía una cartulina escrita con su caligrafía: Dañado. Lo recogeré luego. Al dejar el carro atrás, dimos varias vueltas, pero como la mayoría de las calles eran de una sola vía, nos dio trabajo ubicar el edificio. Le recomendé que se detuviera a preguntar por la intersección de la calle Quinta y la avenida Harvey, que era la esquina noroeste del Murrah. Ya orientados, cogimos por la avenida Robinson. Si alguien hubiera visto el camión en ese momento, habría pensado que el conductor iba solo porque me incliné lo suficiente para alcanzar el detonador que estaba debajo del asiento y lo coloqué entre mis pies. Doblamos hacia el oeste en Park Avenue y en la próxima cuadra giró el volante hacia la derecha, para tomar el norte de la avenida Harvey; apenas faltaban cuatro bloques para llegar a nuestro destino. Como me temblaban los pies traté de ponerlos firmes en la cabina; fue peor porque se apoderó de mi cuerpo una corriente que me alteró. El constante bum, bum, bum de la música que estábamos oyendo, también me perturbaba. Aproveché los comerciales para cambiar de emisora. Sintonicé una estación en la que se escuchaba un canto de monjes tibetanos. Eso sonaba mejor porque era algo que me daba un poco de paz. Recordé que el Dalai Lama protestó porque el FBI les puso cantos de esos monjes por los potentes altavoces a los davidianos, acompañados de los chillidos enervantes de los conejos al momento de ser degollados y la canción de Nancy Sinatra. Precisamente por la masacre de Waco y de Ruby Ridge íbamos en ese camión cargado con dieciséis barriles llenos de explosivos, muy lento como si se tratara de una caravana fúnebre, a reclamar por los caídos. Timothy volteó la cabeza y, al verme pálido y tembloroso, sonrió.

—Ya todo va a terminar. No te preocupes tanto, nosotros imitamos la política exterior de los Estados Unidos cuando destruyen edificios en los países enemigos. Este será un mensaje enviado a un gobierno cada vez más hostil. Los empleados que mueran son representantes del sistema gubernamental —dijo Tim, sin un mínimo de consideración al sufrimiento ajeno. Lo expresó con tanta naturalidad que de inmediato me vino a la memoria una comparación: entre mi mano y su sangre no sabía descifrar cuál estaba más fría.

La avenida Harvey se convirtió en la vía que nos condujo a la redención de las almas suplicantes de los inocentes muertos. El camión representaba la cruz; Timothy era el redentor; y yo, quién era: Simón el Cirineo, que ayudaba a Tim a llevar el camión, o Judas Iscariote, el traicionero… tenía sentimientos de ambos. Entre símiles, alegorías y canciones llegamos a la esquina noroeste del Alfred P. Murrah. Doblamos a la derecha en la Quinta y Tim se estacionó a mitad de la cuadra pegado a la cuneta. Volví a mirar el reloj: eran las ocho y cincuenta y cinco. Esta calle, unos minutos más tarde, se convertiría en la vía dolorosa.

—Gracias, Ron, por tu cooperación. Sin ti este proyecto no se hubiera hecho realidad. Sé que fuiste el cerebro de todo esto, por eso quiero que me perdones, no te di los créditos que te merecías frente a mis amigos —dijo con la voz entrecortada. Un bocinazo detuvo su discurso, miró por los espejos retrovisores, pero se dio cuenta de que no era para nosotros el alerta—. Preferí que no te conocieran. Se hubieran burlado de ti y también de mí. A Mitchell le encanta mofarse de todo. Imagínate, a Teddy le decía abuelo por viejo; creo habértelo comentado antes. A ti, te hubiera llamado enano, calvo o pitufo —entendí que me insultaba, pero no quise reclamarle porque observé que unos niños con sus padres entraban al edificio y si él volteaba la cara los vería—. También supuse que te podían rechazar porque no pareces de procedencia anglosajona.

—Tan selectivos que son tus amigos y mira a Teddy, aquí no hay mujer que lo aguante. El pobre tuvo que ir tan lejos como a las Filipinas para comprometerse y para que lo coronaran de cornudo.

El tema que pusimos no era el más apropiado para un momento solemne. Le pedí que permaneciéramos en silencio hasta completar el trabajo. Creía que, de lo contrario, explotaríamos nosotros. Postergamos la tertulia para cuando pudiéramos tomarnos unos tragos. El coraje momentáneo me provocó liberar un poco la tensión. Mire el reloj; las ocho y cincuenta y siete. Timothy cerró los ojos. Se le veía cansado, como si no hubiera dormido en toda la noche. Yo me la pasé soñando que estaba despierto y despierto pensaba que soñaba. No sé si en realidad dormí, pero mi cuerpo necesitaba un largo descanso también.

En la víspera, el Ryder fue conducido al parque del estado del Lago Geary, quince millas al sur de la ciudad de Junction. Los minutos se convirtieron en horas, largas horas para hacer los preparativos. Teddy estuvo al frente de la construcción del camión-bomba porque era experto en explosivos. Se perforó la cabina para comunicarla con el área de carga. El fusible principal, que ahora estaba justo a mis pies, fue conectado a un detonador insertado a un cable que corría a través del orificio. La caja detonadora se encontraba estratégicamente ubicada en el centro del compartimento, rodeada de barriles azules, negros y blancos llenos de la mezcla de nitrato amónico, combustible y otros explosivos.

—¡Tim!, ¿ves a esa mujer parada en la esquina de la YMCA? ¡¿Dime que la estás viendo?!

—¿Cuál? ¡Hay varias! ¿La del vestido rosado?...

—¡No! La del conjunto gris. ¡La que está cruzando la calle ahora!

—Sí, ¿quién es? ¿La conoces?

—¡Claro!, es Nilka. La prostituta que te dije que conocí en Puerto Rico.

—Esa mujer no es una puta. La estás confundiendo.

Miré el reloj por enésima vez; eran las ocho y cincuenta y nueve. En un segundo se confundieron en mi pensamiento todos los tiempos sin poder ubicar el momento exacto. ¡Qué más daba encender la mecha un minuto antes o después!

—¡¿Qué haces, Ron?!

—¡Al diablo con todo esto! ¡He activado el fusible! ¡Sal ya! —dije abriendo la puerta tan rápido como los nervios me lo permitieron—. Si en diez minutos no estoy en el carro, vete. Nos vemos en el Dreamland. Buscaré la forma de llegar.

Mientras corríamos en direcciones opuestas, Tim me gritaba: ¡Ron!, pero yo al mismo tiempo vociferaba: ¡Nilka! Nuestras voces se confundieron en un solo sonido que quedó atrapado en el Murrah.

A Timothy, por estar pendiente de mí, casi lo atropella un automóvil cuando se disponía a cruzar la vía. Al salir precipitado del camión tropecé con una señora de unos cincuenta años. "¡Fíjate por dónde corres, estúpido!", dijo la mujer vestida de negro. Si no hubiera sido grosera, le habría dicho que retrocediera; pero ella llevaba mucha prisa por morir, entró de inmediato al edificio. Llegué a la intersección de la calle Quinta y Robinson, Nilka avanzaba a buen paso por la avenida Robinson hacia el sur. Todo el refinamiento mostrado al caminar en el vestíbulo del Hotel San Juan lo había perdido.

—¡Nilka! —gritaba enloquecido—. ¡Nilka! —volví a repetir no sé cuántas veces. Corría a toda capacidad. Por la premura se me cayó la gorra. No me detuve a recogerla, de todos modos ya no la utilizaría. Ella miró hacia atrás. Apresuró el paso, pero con la mano me indicó que la siguiera.

No bien llegué a la calle Cuarta cuando escuché el estruendo más penetrante que oídos puedan soportar. La tierra se estremeció y los cristales de los establecimientos que estaban en la acera opuesta a la fachada este del edificio se quebraron. La gigantesca pared lateral de nueve pisos me protegió de la muerte. A pesar de ser un día soleado, el estallido produjo un resplandor anaranjado seguido de una estela de niebla negra que dejó ver un crepúsculo efímero: la mañana se entenebreció. Por encima de la edificación se apreciaba una amenazante bola de fuego. Fue un efecto ligero porque la nube de llamas desapareció o quizá la estructura la ocultaba. Una columna de humo que parecía provenir del infierno se elevó queriendo alcanzar el cielo. La temperatura aumentó drásticamente, creí estar en una caldera. Mi ropa y piel se cubrieron de un polvillo gris. Limpié el reloj; marcaba las nueve y uno. Todo se paralizó por breve instante. Ya no tenía prisa. Avisté a Nilka que también redujo la marcha. Era como si toda Oklahoma se moviera en cámara lenta, para luego reflexionar sobre lo que había pasado. No era lo mismo planificar un proyecto que verlo realizado.

—¡Oh, Dios, es terrible!... —se oyeron voces, gritos, bocinas, sirenas, y todo comenzó a acelerarse con aspaviento. Observé un escaparate con los cristales rotos. Me vi reflejado en un espejo con toda la calva cubierta de cenizas; daba la sensación de que tenía pelo y que estaba senil, también la barba me avejentaba. No me gustó ver mi rostro, lucía atormentado.

Alcancé a Nilka en la esquina de la avenida Dean A. McGee, a dos cuadras del atentado. Me aferré a su cuerpo como un niño que hace una travesura y busca la protección de su madre. Ella no me rechazó; en los momentos de dolor siempre es bueno recibir un abrazo. A pesar de llevar el pelo recogido, la encontré muy alta; mi cabeza se quedó adosada a su pecho.

—¡Por Dios, y ahora qué!... —se escuchó otra fuerte explosión que hizo temblar la tierra otra vez. Se sintieron caer escombros de cemento, hierro y cristal como si se tratara de una catarata. La gente corría despavorida en todas las direcciones; era comparable a la imagen del fin del mundo. El reloj marcaba las nueve y tres. Eché un vistazo al edificio. Desde la esquina en donde nos encontrábamos, parecía como si no le hubiera ocurrido nada. El gran paredón lateral del Murrah, de más de ochenta pies de alto, permanecía erguido. Si Timothy se hubiera refugiado en algún edificio al doblar en la Robinson en dirección norte, bien habría apreciado los estragos de las dos explosiones.

—¿Qué ha ocurrido? —pregunté como si una prostituta me pudiera dar una respuesta adecuada.

—Activaron la bomba antes de tiempo. Se suponía que solo se oyera una detonación. ¡Están en un grave problema! ¡Sígueme! Busquemos un lugar donde podamos hablar sin quedar expuestos.

Me dejó perplejo su contestación. ¿Por qué Nilka sabía cuándo tenía que estallar la bomba? Le pregunté, pero guardó silencio. Acordamos caminar por aceras opuestas; ella no quería que nos vieran juntos. Me indicó que la esperara en la esquina de la avenida Sheridan. Cuando nos separamos, se acercó un hombre aturdido y preguntó: "¿Qué pasó?". Pero siguió de largo sin esperar la contestación. La rapidez con la que caminaba lo hacía tropezar con peatones que avanzaban en dirección opuesta. Las personas salían de los edificios y calles aledañas desorientadas porque habían escuchado las explosiones sin saber de donde provenían. No me di cuenta que me alejaba del área de la catástrofe. Al alcanzar la intersección indicada quedé tan maravillado con el esplendor de la naturaleza que me enajené de lo que sucedía a mi alrededor. Crucé al otro extremo. Leí en un muro: Myriad, Botanical Gardens & Crystal Bridge Tropical Conservatory. Había llegado al jardín botánico, con un invernadero tropical sobre un puente de cristal. Llamó mi atención una escultura abstracta en hierro pintada de rojo, como de catorce pies, que se encontraba en un elevado terraplén de grama justo detrás del letrero. Era como una O alargada y tridimensional, abierta en la parte superior. El lado derecho se mantenía erguido; el izquierdo caía en curvas que formaban una S; causaba el efecto de que el aire la desplazaba. Al final de la S se destacaba una protuberancia hacia el frente en la parte inferior para luego retroceder con sutileza y conectarse con la parte levantada de la diestra. Me vinieron a la memoria Koresh y sus profecías sobre el escudo de Puerto Rico. Imaginé que el artista que ejecutó esta obra bien pudo tener una revelación divina. Me perturbó la imagen que me sobrevino: la O distorsionada era la de Oklahoma que representaba una ciudad quebrantada la cual estaba erguida y destrozada al mismo tiempo. Asocié el rojo con la sangre que en ese momento emanaba de los cuerpos desmembrados en el Murrah. Volví a la realidad cuando Nilka se acercó. Hablaba por el celular. Pude escuchar algo que dijo: "Estaba enfermo, por eso era necesario destruirlo". *¿Se refería al edificio federal?*; me hice el distraído. Ella finalizó la llamada y al verme que contemplaba la obra comentó:

—¡Es hermosa! Se llama Gateway, del artista holandés Hans Van de Bovenkamp. Simboliza un enlace físico y conceptual entre las formas orgánicas de los jardines del Myriad y la arquitectura de los rascacielos del centro de la ciudad.

—A esa escultura cada quien le da su propia interpretación —dije, porque persistía en mi pensamiento que Van de Bovenkamp gozaba del don de la clarividencia.

Por la forma en que se expresó de la obra del holandés y por la información que tenía del Alfred P. Murrah y del complot, comprendí que Timothy tenía razón: "esa mujer no es una puta".

—¿Quién eres realmente? —comenté molesto.

—¡Cálmate! Si estoy aquí es porque quiero ayudarte. Te lo contaré todo…

# V

Se escuchaban sirenas. No podía identificar si eran de emergencias médicas, los bomberos, la defensa civil, la policía o todas a la vez. Penetré con Nilka al jardín botánico por el primer acceso que encontramos, un camino empedrado con arbustos florecidos en las orillas del sendero indicando que la primavera había llegado. Nos esperaba un banco que se resguardaba del sol por la sombra que producía la copa de un gran árbol. El roble me recordó la frase de Thomas Jefferson impresa en la camiseta de Timothy: "El árbol de la libertad debe ser vigorizado de vez en cuando con la sangre de patriotas y tiranos: es un fertilizante natural".

La información que Nilka poseía provocó que mi vida cambiara de súbito por el resto de mi existencia. Sería el precio que tendría que pagar por mi gran maldad. La prostituta, que no lo era, no tuvo compasión, como cuando acarició mi rostro en el Hotel San Juan, al revelarme las verdades; unas sospechadas y otras desconocidas por completo. Ya no me importaba si me encontraba en el Myriad o contemplando los daños frente al Murrah. Me daba igual si estaba en el Motel Dreamland, en Puerto Rico o en el fin del mundo. No tenía ningún significado si vivía aquí, allá o en el más allá. Se produjo dentro de mí un cataclismo más potente que el del edificio federal. Me pude enterar, en apenas unos minutos, de más acontecimientos que en los veintisiete años que cumpliría en cuatro días. Ella conocía mi presente y futuro más que cualquier lectora de tarot.

—¡No quiero oír más!

—¡No he terminado aún! Y lo que te voy a decir es muy delicado. No sé cómo lo vas a tomar, pero es preciso que te enteres ya. ¡McVeigh mató a tu padre!

—¿A Dan? ¿Cuándo?, ¿cómo?...

—¡Dan no es tu padre! El iraquí que tu amigo asesinó en la guerra del Golfo era tu papá.

Ni mis manos ni mis pies ni la sangre de Timothy podían estar más congelados que las palabras de Nilka. Fueron como un témpano que chocó en mi cabeza.

—¡Eso no es cierto! Tú lo que buscas es romper mi amistad con Tim. ¿Qué otra cosa te vas a inventar?

La narración de Nilka estaba llena de contradicciones. ¿Dónde estaba el dinero prometido por Smith? Se desvaneció; no lo recibiría porque él iba rumbo a Roma. No tenía ninguna seguridad, tampoco protección ni patrocinador.

—Smith, ¡un sacerdote jesuita! ¡No puede ser!

Se había marchado al Vaticano para someterse a la obediencia de la alta jerarquía. Sería juzgado por el tribunal eclesiástico. Un impostor, sí, ese era su verdadero calificativo. Cuando conversé con él, el Domingo de Pascua, pensé que estaba en la iglesia porque asistiría a misa. Un farsante de sotana negra, ¡inverosímil! *¡Oh, el pasaje a Puerto Rico!*... Me quedé con las ganas de volver.

La vida cambia radicalmente cuando ocurre un hecho que nos marca para siempre. Yo estaba marcado por varios incidentes; Timothy también, por otros muchos. Por eso él, en los últimos años, solo vivió por un motivo: la venganza. Pero ahora, qué iba a ser de nosotros. Debería correr tras él para desquitarme por la muerte de un padre que no conocí. *¡Yo, iraquí! ¡Qué Alá me perdone!, maldigo mi sangre, mi linaje y mi existencia.*

—¿Por qué me cuentas todo esto?

—De los hombres que traté en la Quince, fuiste el único que respetó mi quebranto de salud. A ti te debo mi ascenso. Al contarme del arsenal de Koresh, lo informé de inmediato y ese seis de enero me trasladaron a Texas para que me encargara de la pesquisa. No pude dar con el asesino de las pelirrojas en Puerto Rico. Pero sí logré comprobar, al interceptar un paquete lleno de granadas dirigido al reverendo, que tú decías la verdad.

—¡¿Quieres decir que fui el responsable de lo ocurrido?!

—No quiero crearte un sentimiento de culpa, pero si no me hubieras contado nada en el hotel, la secta estaría en Waco o quizás en Puerto Rico.

Sin masacre no hubiera habido necesidad de venganza. Sin venganza no habría destrucción ni sangre ni muerte; no existiría una ciudad atormentada por el grito de los heridos, los atrapados en los escombros, los moribundos y, sobre todo, el llanto desesperado de los familiares de las víctimas que no sabían si las encontrarían con vida. Tampoco sonarían, incesantes, las sirenas.

—¡Lárgate ya, no quiero oír nada más!... ¡Es más, quédate! ¡Soy yo el que me voy al carajo! —dije parándome rápido—. Salgo de inmediato para Junction. A las cinco de la tarde Smith me indicó que fuera a la recepción del Dreamland, que me tendría una sorpresa. Y sabes qué es, porque yo sí me lo imagino: ¡es Jessica!

—¡Jessica no existe! Es solo una alucinación.

—¡No estoy loco! —grité sentándome en el banco.

—Lo sé. Tú estás más cuerdo que muchos de los que transitan por ahí. Pero te estigmatizaron los que convivieron contigo. ¿Te acuerdas de Linton Farmer? Abandonó Monte Carmelo durante el atrincheramiento, al igual que Brandon Barker y Kenneth Wright. Todos coinciden que hablabas solo en tu dormitorio y en muchos otros lugares. La canadiense Roxana Shatner, una de los pocos que sobrevivió al incendio del rancho, testificó que no existía una mujer llamada Jessica en el complejo.

Me juró que decía la verdad. Que se estaba jugando su empleo y hasta la vida, pero que quería salvarme el pellejo. Que me apreciaba desde que Smith, burlándose de mí, le comentó de todas mis andanzas y mi dilación en la isla con la esperanza de volverla a ver. La perseverancia que me forjé por encontrarla sirvió para que me revelara unos sucesos angustiosos.

Para demostrarme que estaba a mi favor, comentó que a pesar de saber la hora exacta de la explosión, nueve y tres, se arriesgó al cruzar por la Quinta un minuto antes de las nueve. Quería que yo la viera. Estaba convencida de que iría a su encuentro. Según ella, todo lo hizo para evitar que me montara en el carro con Timothy porque a la salida de la ciudad la policía, como era habitual, lo detendría por exceso de velocidad. Él adoraba la libertad que le ofrecía la carretera. El Mercury tenía la placa vencida, por lo que le cabría otra multa.

—¡Maldita sea! Ni Tim ni yo nos percatamos de ese asunto.

Además, lo peor de todo era que las leyes de portación de armas en Oklahoma seguían siendo muy rigurosas. Timothy conservaba la licencia para portar un arma de fuego en Nueva York, no aquí; por tanto la infracción lo llevaría a ser detenido. Cuando me relató la trama del arresto, salí encolerizado. En ese momento quería alcanzar al exmarine que mató a mi padre desconocido, no para reclamarle por su muerte, sino para advertirle del gran peligro que corría. Ya no le debía fidelidad a nadie, así que podía decir y hacer lo que me diera la gana. Cuando Nilka vio que la abandonaba gritó:

—¡No vayas a comentarle a nadie lo que te he contado! A ti te encerrarían también, pero en un manicomio.

***

Parecía que alguien me perseguía porque yo iba a toda prisa. Corría por la Robinson en dirección norte. La congestión era descomunal a medida que me aproximaba al área de la catástrofe. El tránsito estaba paralizado, lo que me permitía moverme entre los vehículos ya que las aceras estaban atascadas por los transeúntes. No veía mi cara, pero sé que tendría un reflejo de locura, de desesperación. La gente me abría el paso, posiblemente pensaba que tendría algún pariente en el edificio federal y por eso el motivo de mi angustia. Al llegar a la esquina de la avenida Dean A. McGee pregunté por la Broadway, no recordaba dónde quedaba. Un anciano señaló al este para indicarme que era la calle paralela. Corrí como si fuera un atleta que quería ser el primero en alcanzar la meta. El tramo me lo permitió porque no había peatones en la acera. Al llegar a la avenida Broadway giré hacia donde señala la aguja imantada de una brújula. Avanzaba tan rápido como mi cuerpo me lo permitía, superligero porque estaba delgado. Desde que abandoné Waco continué con los ejercicios que me ayudaban a mantener una fuerte contextura. Una cuadra después, me encontraba en la intersección con la calle Cuarta. Faltaban cuatro bloques para alcanzar la Octava, que era la calle donde Tim estacionó el carro. Disminuí la marcha al llegar a la Quinta porque los transeúntes me impedían seguir la carrera. Al cruzar eché un vistazo al Murrah, estaba en la otra manzana. El bloque era largo. Desde el punto en que me encontraba no lograba apreciar si la fachada estaba destruida. No podía entretenerme, tenía que alcanzar a Timothy. Sé que transcurrió un largo rato y que quizá se marchó, pero también albergaba la esperanza de que, cumplido el tiempo de espera, me aguardara hasta siete veces diez minutos. A media mañana me encontraba en la Octava. Doblé a la derecha, pero contrario a mi anterior recorrido, no pude divisar de lejos el automóvil porque ahora no estaba en el Ryder. Además, en la calle había muchos carros estacionados que pertenecían a los curiosos que visitaban la zona. *¡No están! Ni Timothy ni el Mercury.* Frustrado, me senté en el borde de la acera con los pies en la cuneta; de inmediato me impulsé hacia atrás, echándome de espalda en la grama del área de siembra. Decidí descansar un rato, pero recordé cuando Nilka manifestó que todo el montaje se realizaba con el fin de ingresar a Tim, de inmediato, a la prisión para evitar que se escapara. Urgía encontrar a un supuesto culpable, pero los altos oficiales sabían que ya lo tendrían en la cárcel.

La reflexión me hizo ponerme de pie de inmediato. ¿Por qué no se me ocurrió antes? Tenía que conseguir un teléfono público para llamar a Tim. Por la prisa dejé mi celular olvidado sobre el tablero del camión. Cuando venía alcancé a ver una cabina, pero por mi confusión no recordaba la esquina en donde estaba. Decidí retroceder para buscarla o quizá hallaría otra de camino. Por fin pude localizar una. Marqué el número con rapidez. Las líneas estaban congestionadas, al extremo de que al pulsar apenas tres dígitos se oía el tono de ocupado. Intenté muchas veces hasta que logré la comunicación.

—¡Ron, no puedo atenderte! Me estoy estacionando en el paseo porque la policía me detuvo —dijo Timothy y cortó la llamada. Las agujas del reloj marcaban las diez y diecinueve.

Ya nada podía hacer por él. Si lo hubiera contactado antes, le habría dicho que abandonara el vehículo y que llamara a Teddy o a Mitchell para que lo recogieran en algún punto de la carretera. Me dio tanto coraje conmigo que de un impulso arranqué el cordón del auricular. Continué con la caminata con un ritmo más lento. Estaba sofocado por el ejercicio arduo y sin previo calentamiento. Comencé a sudar a pesar de que la temperatura estaba agradable. No sabía adónde ir, y no era la primera vez que me veía en un apuro semejante.

\*\*\*

—¡Señor Ron! —dijo Damián, uno de los jóvenes de la recepción del Hotel San Juan.

Me dio la noticia de que no pudo realizar el cargo de la semana con el número que garantizaba mi estadía en el establecimiento hotelero. La tarjeta de crédito pertenecía a Koresh. Hasta ese momento los pagos en el hotel se habían efectuado a la perfección, pero como el cerco a los davidianos iba por la cuarta semana supuse que el reverendo no envió el cheque al banco en la fecha establecida en el estado de cuenta mensual. Estaba en un apuro grande. Le comenté a Damián que en una hora solucionaría el problema. Subí a la habitación. Coloqué en la mochila un par de pantalones, camisas, zapatos…

—¡Las fotos!, no las puedo dejar.

Las eché en uno de los bolsillos. Abrí la caja fuerte, saqué el dinero y lo puse en un saquillo con cremallera en el interior del morral. Levanté el saco, pesaba más de lo que imaginé. Tenía también una maleta grande, pero la volví a colocar en el clóset. Dejé mucha ropa enganchada, incluso la camisa amarilla que me regalaron para Navidad, pero que no me gustaba por el color. Cerré la caja fuerte y procedí a enviar un mensaje al beeper de Quique, a través de la operadora: "Sube a mi habitación. Ron". En menos de quince minutos el taxista tocaba a la puerta. Entregué la mochila. Le dije que la guardara en el carro porque era un donativo para el Ejército de Salvación. Que yo bajaría pronto. Esperé diez minutos. *Si se le hubiera presentado una dificultad para sacar el paquete, me habría llamado.* Dejé sobre el escritorio el contrato del alquiler y la llave del Toyota Tercel; el vehículo estaba en el estacionamiento del hotel. Envié un segundo mensaje: "Caminaré por la playa. Recógeme en ESJ Towers. Ron". Me dio nostalgia abandonar el lujoso dormitorio, pero fue un sentimiento fugaz cuando recordé que todavía tenía que enfrentarme a Damián. Bajé y me dirigí al mostrador de la recepción. El joven me sonrió, yo hice lo mismo.

— Todo está solucionado. Te van a llamar en unos minutos para darte un nuevo número de tarjeta. Estaré en el bar de la piscina por si me necesitas — dije extendiendo la mano para pasarle un billete de veinte dólares — . Esto es para ti.

En menos de media hora ya estaba en la boletería de American Airlines validando mi pasaje de regreso. Le dije a Quique que la finca que me mostró en Jájome era la más hermosa de todas las propiedades que visité. Regresaba a Texas a buscar el dinero para comprarla. Quedó complacido. Sabía que si se daba la venta recibiría una buena comisión. Creí que por esa razón no me cuestionó nada sobre mi repentina partida, ni por la mochila cuando se la pedí de vuelta.

***

Estaba mareado, palidecí. No sabía si atribuir la desazón al agitado ejercicio sin haber desayunado o a los malos ratos que pasé. Me comenzaron unos retortijones, indicio de que necesitaba echarle algo al estómago. Ya eran la diez y treinta, y desde que salimos del Dreamland me había tomado una taza de café solamente. Entré a una cafetería de esas que al salir ya no se recuerda el nombre a pesar de tener desayunos a un dólar con noventa y nueve centavos. Al ingerir los alimentos le volvió el color a mi rostro, lo que no lograba conseguir era la cordura. Quedé abatido al ver las imágenes del Murrah que transmitían en un canal. Los nueve pisos de la fachada norte estaban destrozados. No podía seguir viendo las escenas de terror que presenciaba sabiendo que yo era el autor.

Cuando abandoné el establecimiento me percaté de una barbería por las franjas diagonales rojas, blancas y azules a ambos extremos de su puerta. El dueño estaba solo, fumando pipa mientras miraba el televisor. Por un instante confundí las latas de refresco que aparecían en la pantalla con manchas de

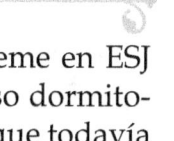

sangre. Le pedí que me afeitara la barba y la cabeza. El hombre sacó la cuchilla y la amoló en una correa de cuero que tenía pegada por una punta al sillón. Sin interrupción se repetía la tortura en la pantalla. Para no ver el noticiario, cerré los ojos en el momento que el barbero reclinaba la silla hasta ponerla en posición horizontal. Primero usó la máquina de afeitar para cortarme todo el pelo de mi abundante barba. Luego colocó espuma en mi cara y con los dedos la fue regando hasta cubrir la piel. Me dio unos masajes leves, que si no hubiera sido por el comentario que hizo, me habría quedado dormido.

—¡Hay que degollar al criminal! —dijo al escuchar a un reportero imputarle el atentado a una red internacional de terroristas. Sentí el frío de la navaja en el cuello cuando el barbero sentenció a muerte al asesino. No puedo negar que me sobrecogí.

Al salir de la barbería me fijé un destino: el Alfred P. Murrah. Quería ver en directo el daño que había causado. Nadie podría reconocerme porque estaba afeitado y ya no usaba la gorra; además los transeúntes que me vieron bajar del camión estarían muertos. La muchedumbre comenzó a erigir monumentos improvisados en los alrededores del área de la explosión: flores, tarjetas de condolencias, cartas personales, plegarias con imágenes de santos y hasta animales de peluches. Parece mentira que en la televisión incluso lo más trágico resulta maquillado porque me encontré un lugar lleno de confusión en el que nadie se entendía. Todo el bloque de la Quinta, donde estaba el edificio federal, era un verdadero campo de Agramante. La catástrofe parecía producto de un sismo de alta magnitud en la escala Richter. De la estructura desaparecieron ventanas, paredes, columnas, entrepisos, incluso el techo del noveno piso estaba desintegrado. La gente corría de un lado a otro. En el preciso momento en que llegué, un bombero cargaba entre sus brazos a un bebé con las piernas quebradas que rescató del interior. El pequeño lloraba y las lágrimas le limpiaban sus mejillas sucias. Lo condujo a una ambulancia que partió enseguida. Las sirenas eran enloquecedoras. No sé si fue invención o realidad, pero los gritos que venían de adentro del edificio retumbaban en mi cabeza. Escuché el llanto de niños que provenía de los escombros, era ensordecedor. Todo fue culpa mía. No recuerdo cuánto tiempo permanecí inmóvil; tampoco, cómo llegué al pie de la estructura y me eché al hombro un pedazo de hormigón para abrirle paso a la defensa civil. Con una mano activé el dispositivo para hacer estallar el edificio. Ahora, con las dos removía las piedras de tropiezo en mi conciencia. Tenía que llegar a los gritos que cada vez se agudizaban más. Me ofrecieron unos guantes. No los acepté. Las palmas de las manos comenzaron a inflamárseme; se me formaron ampollas en los dedos. Empecé a sangrar. Me dolían, pero no me importaba; era un autocastigo. Si la justicia no me iba a sancionar, lo haría yo mismo Mi sufrimiento y el ajeno se entremezclaban y se confundían en un solo gemido. El sol desapareció, pero los reflectores que colocaron en la calle lo sustituyeron. Daba la impresión de que no había caído la tarde, a pesar de que eran pasadas las ocho de la noche. Los voluntarios y las diferentes brigadas continuaban llenos de optimismo porque esperaban rescatar más personas con vida. Sentí sed y me dieron agua. Tuve hambre y también encontré que comer. Entonces comprendí que habiendo sido el protagonista de la maldad, existía gente que era compasiva conmigo. En mi rostro se reflejaba una falsa inocencia. Las manos se me hincharon de tal forma que no pude continuar con la labor, me ardían y latían mucho; sin embargo, no percibía los latidos del corazón. Decidí marcharme. Al no saber qué vía tomar, me aturdí. Caminé por la avenida Robinson.

—¿A dónde iré?... Ya sé, volveré al Myriad.

Encontré individuos que paseaban por los senderos, posiblemente en busca de un escape después de un día tormentoso. El banco que ocupé con Nilka en la mañana anidaba a otros dueños: una pareja de adolescentes se besaba. El joven con mano de mago, la desapareció debajo de la falda al manosearle la entrepierna a la muchacha, quien se percató de mi presencia y se la apartó. Se levantaron molestos y se marcharon. Consideré que el asiento me pertenecía porque fue testigo de mi desconcierto al enterarme de quién era yo. Dicen que las paredes hablan, y por qué no también los bancos de los parques. Tenía que convertirlo en mi aliado para que no divulgara que yo era un iraquí ordinario; el responsable del caos que vivía la ciudad. Me tendí sobre mi singular amigo para hacer una retrospección de todo lo que Nilka me había contado. Lo que no quiso decirme fue el nombre de la organización para la que trabajaba.

"Mi verdadera madre, una esquizofrénica que viajó a Irak en una excursión cuando apenas cumplió los veintiuno y se quedó a vivir por tres años. ¡No lo puedo creer! Que se casó con un soldado y al no aguantar el maltrato decidió regresar antes de que él descubriera que estaba embarazada. ¡Imposible! Que me entregó al Estado porque su adicción a las drogas no le permitía asumir una maternidad responsable. ¿Qué murió de sida? Me resisto a aceptar estos hechos. ¡Entonces tengo sangre yanqui también! Ella era de aquí… ¿O no? Salió y regresó. ¡Sí! Tengo que encontrar a Nilka para preguntarle dónde está enterrada mi madre y cómo se llamaba. ¿Y mi padre, el iraquí? Tampoco me dijo su nombre. El absurdo de la fatalidad: no conocí ni a mi madre biológica ni la que me adoptó. El nefasto accidente de regreso a casa provocó la muerte de Ann el día que me recogieron en el orfanato. Dan gritaba desesperado pidiendo auxilio sin poder moverse. Cuando llegó la patrulla de camino, según el informe policial, yo lloraba en el asiento trasero del vehículo.

"Pobre Dan, por mi culpa se quedó paralítico y sin esposa. Ahora comprendo su indiferencia contra mí. Pensar que está recluido en un hogar para ancianos en el Alto Manhattan. Sus recuerdos se desdibujaron quedándole una mente sin pasado y un presente sin ilusión. Ni siquiera se acordaba de Kathy, que era tres veces menor que él, quien lo dejó en bancarrota por la adicción de ambos al juego; que perdió a su esposa en un accidente y que yo, su hijo ingrato, me fui de la casa acusado de ladrón. Por supuesto, le robé trescientos dólares para que Dan creyera que Kathy, a quien conoció en un casino, se los hurtó. Quería que desistiera del compromiso de casarse con ella. Cuando descubrió que fui el culpable y que lo había gastado, quiso que le pidiera perdón a su novia. Le dije que no, porque Kathy era una vividora que únicamente le interesaba su dinero. ¿Cómo una mujer joven y sobre todo bonita iba a entablar una relación seria con un anciano minusválido? Al casino se va a jugar, a buscar dinero, no mujeres. Pudiste ir a una iglesia, a un museo o al teatro si querías encontrar una señora para casarte, recuerdo que le dije. Ya era tarde para retractarme y pedirle disculpas; además, tenía la edad para independizarme. Me enojé con ambos y los dejé para que hicieran con sus vidas lo que les diera la gana; yo haría lo mismo a mis dieciocho años. ¡Adiós!". Me trasladé a la Florida y no regresé más a Nueva York. Por culpa de Dan aprendí a jugar. De las pocas cosas que me enseñó fue a regocijarme al ganar y resignarme al perder; pero este último enunciado nunca lo asimilé. Seguí abstraído hasta quedar dormido.

Un rayo de luz que se infiltró entre las ramas iluminó mi rostro: había llegado un nuevo día. Tuve una sensación muy extraña, a pesar de que me dolía el cuerpo por dormir sobre el concreto y de tener las manos lastimadas, me sentía feliz. Descubrí que no estaba subordinado. ¡Era libre! Ya no le rendiría pleitesías a nadie, como lo hice tantas veces con los niños de la escuela, sus padres, el director, mis colegas, vecinos, David Koresh. "Incluso contigo, ¡maldito cabrón!, donde quiera que estés", dije y me sorprendí al oírme hablando solo; era la segunda vez que me daba cuenta. Pero al pensar en Smith me afloró el sentimiento del barbero: si lo agarraba le cortaba el cuello. Me moví en el banco como una serpiente tratando de que mis huesos se acomodaran. Giré la cabeza para eludir el rayo de sol. Cuando me proponía estirar las piernas, por poco tumbo un vaso desechable con tapa y sobre esta una rosquilla de pan dulce. No sabía de dónde provino, pero enseguida mojé la rosca frita, bañada en azúcar, en el café con leche y en un santiamén la tragué. Recordé unos versículos de la Biblia: No andéis preocupados por vuestras vidas, qué comeréis, ni por vuestro cuerpo, con qué os vestiréis. ¿No vale más la vida que el alimento, y el cuerpo más que el vestido? Mirad las aves del cielo: no siembran ni cosechan…; y vuestro Padre celestial las alimenta.

Estas palabras me dieron fuerzas para empezar la mañana. A partir del veinte de abril me propuse vivir día a día, sin fatigas. Decidí establecer mi residencia en Oklahoma. Retaría a la justicia a encontrarme. Yo no era capaz de ir a una jefatura de policía a entregarme, aunque por un instante pensé que la cárcel sería una buena alternativa para evadir responsabilidades. No tendría que pagar por ningún servicio, como en Monte Carmelo, pero mi libertad se vería restringida. La libertad que apenas comenzaba a descubrir. Al finalizar el desayuno, me dirigí como un autómata a la calle Quinta para observar los avances que se realizaron durante la noche. No encontré diferencia, los trabajos se hacían con mucha cautela para evitar el desplome de materiales que arriesgaran las vidas de los rescatistas y los heridos que aún estaban atrapados entre los desechos. Las laceraciones en las manos no me permitieron ayudar. Me acerqué a una estación de primeros auxilios para pedirles un poco de gasa y me preguntaron si era uno de los sobrevivientes. Contesté que no, les expliqué que en el día anterior serví de voluntario. No estaba acostumbrado a trabajos pesados. Mientras la enfermera me curaba, comentó que era probable que las ampollas se transformaran en llagas por el tipo de heridas. Me sugirió que no prestara servicios hasta que los dedos sanaran. Entonces me dediqué a observar y vi como poco a poco iban eliminando los escombros. Continuaron con la búsqueda de cadáveres hasta que llegaron al número ciento sesenta y ocho. Dos días después del atentado se comprobó, a través de testigos oculares que ayudaron a realizar un retrato hablado del terrorista, que la fisonomía de Timothy coincidía con la del principal sospechoso del bombazo en el Murrah.

Timothy se convirtió en el ser más despreciado de Oklahoma y del resto de la nación estadounidense. De inmediato comenzaron los rumores de que merecía la pena de muerte. Los comentarios en los noticiarios sobre cómo McVeigh cayó en prisión, por un error propio, dejó a la gente satisfecha; a mí no. Al ver consumados en hechos las palabras de Nilka, comprendí que era verdad lo que me dijo en el Myriad relacionado con el truco que utilizarían para encarcelarlo. *Ahora le creo todo, incluso lo de mis orígenes.* Me arrepentía porque en mi arrebato me negué a escucharla, sin saber qué otro acontecimiento importante pudo haberme revelado. Cuando se publicó el boceto en Junction City del presunto terrorista que ocasionó la congoja a la Ciudad de Roble, la dueña del Dreamland se percató de que el hombre del dibujo era el huésped de la habitación veinticinco. Entregó a la policía la hoja de registro en la que estaba anotado el nombre de Timothy McVeigh con la dirección de Jake Nicholson en Decker, Michigan. Los agentes del FBI allanaron la casa de Jake. A Teddy no le quedó otra alternativa que acudir a la jefatura de policía a entregarse porque alegó que su hermano era inocente. Al enterarse Joseph, el hijo de Teddy, de que su papá fue arrestado, llamó por teléfono a los federales y les indicó que Mitchell Foster era cómplice de McVeigh. Los tres exmilitares estaban encarcelados por sus alegadas participaciones en la destrucción del Murrah. Pronto comenzaría el juicio. Le di gracias a Dios, también a Alá por si era quien me protegía. Bendije a Timothy por haberme mantenido en el anonimato. Estaba seguro de que si él me hubiera introducido en el grupo, el mal nacido de Joseph, me habría denunciado como lo hizo con Foster para garantizar que a su padre no lo condenaran a muerte, como se informó luego. El único que podía delatarme era Timothy. Vivía en un estado de perturbación a la espera de que el exmarine se decidiera a hablar. El segundo individuo que buscaban como persona de interés lo vi en un cartel, se diferenciaba de mí notablemente. Me vanaglorié de mi estatura porque pasé desapercibido dentro del Ryder. Algunos testigos hicieron ciertas descripciones de un hombre que corría por la acera: la gorra, la barba, pero no se pudo hacer un boceto fiel de mi rostro. Eso me tranquilizó, permitiéndome caminar con libertad por la calle Robinson y las aledañas todos los días antes de las nueve de la mañana para llegar al punto de la desgracia y esperar a que dieran las nueve y uno. Quedarme un rato largo en el área se convirtió en una rutina. Fue así que pude contemplar cómo se vino abajo el resto del edificio y cómo transportaban los escombros en los camiones. La gente estaba consciente de que escucharían detonaciones al momento de la implosión. Lo avisaron, lo advirtieron, pero hasta a mí me causó terror volver a sentir un estruendo de guerra, parecía que el tiempo de la venganza no había concluido todavía. Al finalizar la demolición del Murrah, colocaron una verja de malla ciclónica para evitar que los curiosos pasaran y se lastimaran. La cerca se constituyó en un lugar de peregrinaje en la que los visitantes cada día colgaban cuantos objetos se pueda uno imaginar: coronas para los difuntos, fotos, llaveros, poemas. El suelo donde estaba enclavado el edificio federal quedó desnudo, solo se le veía la piel: tierra, nada más. Borraron la evidencia de que era una estructura enferma, ¿pero de qué?, quizá de asbesto; podría ser. Lo único que quedó fue el árbol de la supervivencia, así lo nombraron.

—¿Qué harán en este solar?... ¿Un rascacielos? —no paraba de preguntarme, hasta que colocaron un cartel grande: Aquí se construirá el National Memorial. La mañana en que dieron el picazo simbólico para iniciar los trabajos de construcción quise colocar una piedra pequeña que representaba mi mezquina aflicción. Iba todos los días y veía sudar a los trabajadores en sus faenas. Trajeron potentes máquinas excavadoras, aplanadoras, moldes de acero, varillas, morteros de hormigón. Los ingenieros abrían los planos y daban las indicaciones para el replanteo. Los obreros trazaban en el terreno la planta de la obra que estaba dibujada en las copias de papel.

Los árboles y arbustos continuaron floreciendo en el entorno de la cuadra maldita y en toda la ciudad. Más tarde, percibí el calor a través de la transpiración de mis axilas. Vi caer múltiples lluvias de hojas secas de los árboles del Myriad. Las hojas crujían cuando las pisaba. Comencé a sentir el frío, luego toqué la nieve. Un ciclo repetitivo, recurrente, de uno, dos…, hasta llegar al quinto aniversario de la tragedia e inaugurar el Monumento Nacional de la Ciudad de Oklahoma. Era impresionante ver dos paredones paralelos, uno muy cerca del otro, con unos huecos de acceso centralizados para peatones que bloqueaban el flujo vehicular de la calle Quinta en la esquina de la avenida Robinson. La estructura se repetía al otro extremo en la avenida Harvey. Las Puertas del Tiempo tenían grabadas las horas de las explosiones. Me adjudico la detonación de las nueve y uno. Pero nada tuve que ver con la puerta opuesta tallada con las nueve y tres. *¡Maldito Smith y sus compinches!* Las paredes que daban hacia las aceras y las que miraban a la piscina reflectante estaban forradas de granito negro. Las caras de los paredones en el interior eran planchas de bronce amarillo. Sobre los dinteles se leía: HEMOS VENIDO

AQUÍ PARA RECORDAR A QUIENES PERDIERON LA VIDA, LOS QUE SOBREVIVIERON Y LOS QUE CAMBIARON PARA SIEMPRE. QUE TODOS LOS QUE SALGAN DE AQUÍ PUEDAN CONOCER EL IMPACTO DE LA VIOLENCIA. PUEDA ESTE MONUMENTO OFRECER CONSUELO, FUERZA, PAZ, ESPERANZA Y SERENIDAD. Entre ambas puertas construyeron un estanque de trescientos dieciocho pies para representar el momento de la explosión. *¡Jamás un vehículo volverá a transitar por ese tramo de la calle Quinta!* Cada una de las ciento sesenta y ocho víctimas estaba representada con una escultórica silla de respaldo alto en bronce y base de cristal que se iluminaba de noche. Las piezas estaban colocadas en hileras de frente hacia el estanque como si fuera el escenario de un teatro. Los asientos desocupados evocaban la presencia invisible de los muertos.

En todos estos años me convertí en el custodio de los objetos que los parientes y dolientes dejaban. Primero en la malla ciclónica que protegía la construcción y luego en una igual, pero pegada al muro de cemento a ambos extremos de la Puerta del Tiempo; la que tenía inscrita las nueve y tres. El concepto de la malla fue conservado para permitir que los visitantes colocaran mensajes como lo hicieron desde el mismo día de la explosión. Me aproveché del sufrimiento ajeno, no me importaba en absoluto los recuerdos ni los sentimientos de nadie. Si no me gratificaban con alguna propina, les botaba los peluches de osos, perros y gatos, las fotos y cuantas tonterías colocaban en la alambrada. Trataba de cubrir parte de la verja con un plástico cuando llovía. Los visitantes me observaban y por sus caras de satisfacción me demostraban su agradecimiento al custodiar los objetos ofrendados a sus difuntos. Unos me recompensaban con dinero o con comida, otros me ignoraban para no desprenderse de las monedas; algunos niños que les acompañaban o caminaban por la acera se burlaban de mí tildándome de loco porque me escuchaban hablando solo, pero esas críticas no me hacían enfadar. Por el contrario, les seguía el juego para que los adultos me tuvieran pena. ¿Quién iba a culpar o a reprocharle a un hombre que estaba desamparado?

Los abogados de Timothy querían encausar la defensa de su representado por la vía de la locura, pero Tim no lo permitió. Si hubiera aceptado, no habría tenido una sentencia de muerte. Si a mí me encausaban, buscaría la manera de parecer un demente. Le hablaría al aire, al sol y a las estrellas para que todos me oyeran. Pero si estaba encerrado en una cárcel de máxima seguridad no podría ver los astros. Entonces, conversaría con los barrotes y les contaría de mis andanzas con el soldado McVeigh. Bueno, si él no lo decía, era conveniente no revelar nuestra amistad. Comentaría: "¡yo no conozco a ese infeliz!". *Si Pedro negó a Jesús, no tiene importancia que yo injurie a un amigo. ¡Qué más da! Total, si constantemente se vive en una absurda negación.* Demostraría tener un carácter voluble, me enojaría sin motivos, para que creyeran que estaba desquiciado y que reaccionaba sin pensar en las consecuencias. *Creo que esta debe de ser la actitud de un loco: calculador, hasta el arrebato; manipulador, porque se siente impotente; aunque luego surja la risa de la inocencia, por no decir demencia.* Con esta estrategia, si me capturaban, me recluirían en un manicomio, pero no me ejecutarían.

Decidí quedarme en Oklahoma el día después del atentado, cuando descubrí que la verdadera felicidad no era estar atado a un empleo, a una computadora o a cargar una tarjeta de crédito atiborrada. Dejé de pensar en el hombre pijo que fui y me convertí en uno menesteroso que actuaba con plena libertad. Lo único que añoraba de mi pasado era a Jessica. Siempre que la recordaba me venían a la memoria los dos años que pasé en Monte Carmelo. Algunas veces pensaba que ella estaba más cerca de mí de lo que imaginaba. La podía sentir, pero no verla. La llamaba en las noches al mirar las estrellas, pero no respondía. Me negaba a admitir la inexistencia de Jessica, porque de todo lo revelado por Nilka, fue lo único que no le creí.

Ser vagabundo me permitía cambiar mi cama, una caja de cartón, con tanta frecuencia como lugares encontraba para dormir. Me echaba en cualquier banco del Myriad a contemplar las estrellas; tenía tiempo para hacerlo. Cuando me cansaba de mirar al cielo, contaba el dinero recaudado en el muro de la recordación. En ocasiones perdía la cuenta y me enfurecía por mi ineptitud. De la rabia, introducía desesperado en una bolsa plástica los billetes y las monedas para que no se mojaran. Colocaba el paquete debajo de una piedra entre las muchas que encontraba a orilla del lago. Ahorraba todo lo que me regalaban porque mi objetivo era tener mucho dinero para irme a Puerto Rico.

\*\*\*

Luego de las explosiones, ni el gobernador ni el alcalde ni siquiera los reporteros, que transmitieron en directo, supieron dar una explicación lógica. O mentían o no se pusieron de acuerdo, porque escuchar dos detonaciones fue una sorpresa para todos, incluso para mí. Pero nadie se podía retractar, pues al no explotar simultáneamente, las ondas expansivas de las bombas quedaron registradas en los instrumentos del Museo Omniplex y en la Universidad de Oklahoma. A través de los familiares de las víctimas, ingenieros y expertos en explosivos, y también de los abogados y peritos de Timothy, se comenzaron a develar las incógnitas: La ATF tenía oficinas en el Murrah y el día de la tragedia ninguno de los empleados se presentó a trabajar. Tampoco llevaron a sus niños a la guardería, ubicada en el primer piso, a pesar de que no era un día festivo. *¿Por qué faltaron?* La explosión por el aire es una energía ineficiente contra columnas y vigas reforzadas. Era imposible que un camión bomba hubiera causado la descomunal catástrofe. Otros tenían acceso a los planos del edificio y pusieron explosivos alrededor de las columnas. *Maldito Smith, recuerdo que vi un plano del Murrah en su maletín.* Además me cuestionaba: ¿qué hacía el escuadrón antibombas a las siete de la mañana en el edificio? El daño estaba hecho. El mismo año que clonaron a la oveja Dolly, 1997, Timothy fue condenado a muerte por un jurado de doce miembros. Aguardaba su ejecución en la cárcel Terre Haute, en Indiana, mientras sus abogados hacían el último intento apelativo. A Teddy Nicholson lo sentenciaron a cadena perpetua. Mitchell Foster se convirtió en testigo del pueblo para atenuar la sentencia del juez, pero por no prevenir al gobierno del atentado fue condenado a cumplir doce años en prisión. La frase que dijo uno de los oficiales al mando de la operación cuando bajó del camión durante el asedio a los davidianos me vino en un pensamiento: *"comienza el espec-*

*táculo"*. Una vez más el gobierno se salió con la suya: el propósito del bombazo en el Alfred P. Murrah consistió en lograr que el Congreso aprobara la ley antiterrorista sin que hubiera ningún debate al respecto. Rápidamente los congresistas promulgaron varias leyes que coartaban las libertades de los ciudadanos. Timothy, Teddy y Mitchell se carcomían tras las rejas y los acontecimientos en el panorama mundial continuaban. Ese mismo año, Hong Kong se reintegró a la soberanía de China, después de un siglo y medio de colonialismo británico. Las noticias sobre Tim en la prensa y los informativos se suscitaban con poca frecuencia; donde el tema siempre estaba candente era en el Monumento de la Recordación. Luego de contemplar en el museo el impacto de la violencia o encontrarse de frente con el campo de las sillas vacías, los visitantes salían compungidos. Les escuchaba cómo maldecían a Timothy y hasta a mí llegaban las imprecaciones:

—¡Al infierno es que debe de ir ese y todo el que lo ayudó!

—Pido al cielo que el mal nacido de McVeigh y todos sus secuaces no tengan perdón, ahora ni nunca.

Me detenía en los kioscos de periódicos para leer los titulares en busca de novedades del exmarine; sin embargo, me encontraba con otras: **Moneda única para Unión Europea**... *Francos, marcos, pesetas, libras…, todas esas monedas desaparecerán; McVeigh también.* **Saramago Premio Nobel de Literatura**... *¿Quién diablo será ese? Me imagino que si le pregunto a Tim, sabría quién es él.* **Guerra de Kosovo**... *¿Cuándo llegará la paz a las naciones? Timothy la alcanzará cuando muera.* Entonces comenzó la histeria del Y2K, en la víspera del año 2000, como si el mundo se fuera a acabar si las computadoras fallaban. Recibí al nuevo milenio abrigado con varios trapos para protegerme del frío. Los reportajes continuaron: **Derrotado el presidente yugoslavo, Milosevic**... *Destruido debe sentirse el exsoldado encarcelado.* **Accidente en el Concorde en París**... *Ese avión viajaba superrápido, así como a mi amigo le gustaba ir por las carreteras.* **Primeras imágenes del planeta Marte**... *McVeigh debería de escaparse e irse para el planeta rojo.* Leí un artículo sobre Puerto Rico que me emocionó porque ese pueblo despertaba: **Se producen manifestaciones y marchas masivas contra los ejercicios navales de** la armada norteamericana en la isla de Vieques... **Gana los comicios George W. Bush**... *Adiós, presidente insensible, traidor. Dizque yo hablando de traidor.* **Elección de la primera gobernadora en la historia de Puerto Rico**... *¡Bravo por las feministas!* **Fijan muerte de Timothy McVeigh para el dieciséis de mayo**... *Pobre Timothy.* Desde su sentencia había trascurrido un cuatrienio; el atentado celebró su sexto aniversario; ya Tim y yo teníamos treinta y tres años. Cuando vi la noticia me dio escalofríos. El joven que atendía el puesto de periódicos me preguntó si me sentía mal. Contesté que no. No le revelé cuál de todos los titulares del día había afectado mi estado de ánimo. Él percibió mi rubor a través de la franela de manguillo que usaba pues la barba no pudo cubrirme las tetillas cuando se marcaron en la tela.

**El nuevo procurador general aplazó la ejecución de Timothy para el once de junio**... Un portavoz del FBI notificó que accidentalmente omitieron entregar a los abogados de la defensa unos informes cuyo volumen alcanzaba casi cinco mil páginas. Una nueva oportunidad de vivir se le presentaba a McVeigh. Me imaginaba esos veintiséis días de angustia. Nadie sabe el día ni la hora de su muerte, pero mi amigo, al que traicioné, ese sí que la conocía. Y le llegó muy rápido, por lo menos esa fue mi percepción; para él tuvo que haber sido un verdadero suplicio. Algunos periodistas coincidían en que las omisiones del gobierno lesionaron su defensa. El día señalado para que Tim pasara al orbe de los muertos se convirtió en un carnaval para la ciudad. La gente se despertó eufórica. Los preparativos comenzaron desde la madrugada. *Ni que fuera el Super Bowl lo que se iba a presenciar.* Los carros portaban banderas blancas y hacían sonar las bocinas. Ese lunes era de júbilo para los doscientos parientes de las víctimas que presenciarían, en exclusiva, la muerte del multiasesino a través de monitores en circuito cerrado. Sin embargo, para la familia McVeigh se convertiría en el peor día de sus vidas. Me detuve frente a la vitrina de una cafetería. Por mi aspecto mugroso no me permitían entrar. El televisor estaba encendido y un reportero ancla rememoraba momentos de la explosión. Anunció que en breves instantes la audiencia mundial vería a Timothy entrar al cuarto donde sería ejecutado. Presentaron la habitación completamente verde que albergaba la esperanza de la muerte: las paredes de cerámica, las cortinas para cubrir los paños fijos de cristal que circundaban el cuarto, la alfombra que formaba un camino; incluso la silla, que no sé por qué me recordó la del barbero que me afeitó el día del atentado. Imaginé que sería por la posición horizontal en que se encontraba. El piso era lo único crema, pero decorado con algunas losas de diferentes tonos verdes ubicadas en armonía en torno a la silla del sacrificio. Yo estaba frente al cristal del negocio aguardando la inmolación de Tim, mientras ciertos testigos presenciarían la muerte a través de los cristales del cuarto de la tortura. Para los federales esto era un espectáculo. Cuando el lente captó a Timothy caminando por un pasillo, los dependientes de la cafetería dejaron de servir los desayunos y se acercaron al televisor. *¡Cuánto tiempo sin verte, amigo!* Dicen que la televisión aumenta algunas libras; a él se les notaban porque no tenía ya un cuerpo anoréxico. Las bocinas cesaron, incluso no se oía el sonido metálico de los cubiertos dentro del local. Al pasar Tim frente a las cámaras, le enfocaron el rostro: una estoica serenidad acompañada de una frescura en el cutis le hacían lucir más joven. Estaba acicalado, sin barba, pero algo no me gustaba de él: su mirada… Parecía que sus ojos, que no los percibí azules sino grises, eran dos lanzas de acero que perforaban mi cabeza. Una mirada llena de odio que no mostraba arrepentimiento, según lo manifestaba el reportero, pero que yo comprendí al instante porque la pude interpretar: "¿Dónde te metiste, Ron?... Recibí las mil y una cartas, y ni siquiera una era tuya... ¿Por qué las dos explosiones?... ¡Tú lo sabías, Ron!". Hacía tantos años que nadie me llamaba por mi nombre… Fue una mirada acusadora dirigida a mi persona. Todo se paralizó desde el momento en que Timothy entró al cuarto verde. Continuaron con la retransmisión desde el estudio principal. Lo que estaba pasando en la penitenciaria de Terre Haute solo lo sabrían la prensa, los testigos y los familiares de las víctimas; para ellos no fue interrumpida la transmisión. El reportero ancla hizo ciertos comentarios en tanto le confirmaban el deceso de Tim. Dijo que McVeigh en una ocasión pidió hacerse cargo de su defensa con la intención de declararse como único culpable. Reconocí en ese momento que fue un verdadero amigo, pero yo nunca le ofrecí una amistad auténtica. También citó que Timothy pudo padecer del complejo de Eróstrato, el sujeto que con la intención de hacerse famoso incendió, en el año 356 antes de Cristo, el templo de Diana en Éfeso, considerado como una de las siete maravillas del mundo. Interrumpieron al reportero en el estudio para pasar con el corresponsal que transmitía desde la cárcel en Indiana. Este informó que oficialmente a las siete y catorce de la mañana, Timothy McVeigh dejó de existir. Indicó que cuando le aplicaron pentotal sódico quedó sedado, pero los ojos permanecieron abiertos mirando el techo. De inmediato le suministraron una droga que le paralizó los músculos; entonces le colapsaron los pulmones. La mezcla de las dos sustancias se convirtió en una combinación letal. Luchó durante cuatro minutos con la muerte, pero esta lo venció. Mis ojos se cerraron por breves segundos. Al abrirlos, tuve la sensación de estar en otro mundo, en un cosmos donde solo reinaba la maldad y yo era el heredero universal. Se produjo en mí la muerte ontológica: Dios no existía, me había separado de Él.

Luego del ajusticiamiento de Tim, salió a relucir la noticia de que el gobierno atacó adrede una de sus propias instalaciones como excusa para imponer una reglamentación referente a los propietarios de armas y miembros de la milicia. A McVeigh no le favorecía esa teoría porque debilitaba su imagen protagónica. "Los fanáticos quieren ser héroes y cuantos menos héroes a su alrededor, mejor". Al escuchar la frase pude comprender por qué Tim prefirió guardar silencio y no delatarme: quería pasar a la historia como único responsable para que las personas que sintieran aversión por los federales y el gobierno lo idolatraran.

Hacía calor aquel día. Sus ojos siguieron vivos en mi mente. Tuve que huir porque necesitaba escapar de su mirada. Llegué al Myriad todo sudado porque corrí mucho más rápido que cuando le quería advertir a Tim de la fatalidad que se le avecinaba. Tenía varios escondites dentro del jardín donde guardaba ciertos objetos, como los peluches que descolgaba de la malla ciclónica y vendía en el botánico; el dinero ahorrado debajo de la piedra; una botella de ginebra dentro del hueco del tronco de un árbol. No hay mejor remedio para el frío y la soledad que curarse con un trago de alcohol. Todos los cachivaches los tenía distribuidos en el jardín, armoniosamente ubicados para que se confundieran con el paisaje. Fui al lago que estaba en el centro del jardín; se llamaba Myriad como bautizaron el lugar. Metí la mano dentro del agua para agarrar un espejo que había colocado días antes. Necesitaba un trago que me ayudara a esquivar la mirada insistente de Tim. Por eso me dirigí al árbol e introduje la mano en un agujero del tronco. La saqué rápido porque algo se movió en su interior; segundos después se asomó una ardilla. Le pegué para espantarla. Cuando tuve la botella en mi boca bebí con furor, como si la ginebra fuera una soda. Conocía cada rincón del Myriad, me adentré por unos arbustos y me escondí debajo del invernadero, conocido como el Puente de Cristal que cruzaba el lago. Era una gigantesca cápsula cilíndrica horizontal forrada de paneles de acrílico. Me tumbé sobre un talud cubierto de césped que terminaba en el cuerpo de agua. El espejo lo puse en la grama junto a mí. Nadie descubriría que estaba oculto allí; ni siquiera Tim. Tomé sorbos prolongados y repetitivos hasta consumir la ginebra. Quise pararme, pero choqué con una de las placas que revestían la estructura y que me servían de techo. *¡Qué alto soy!*; se me infló el ego, mientras caía de espaldas al no poder estar en pie. Como agarraba la botella por el cuello, se quebró al desplomarme. El fondo se hizo trizas, pero la parte superior aún estaba sujetada entre mis dedos. Me quité el pañuelo amarrado a la cabeza; lo usaba porque me ayudaba a proteger la calva del sol. Me palpé el cráneo para comprobar si percibía algún dolor. Sentí unas punzadas. Quise mirarme al espejo para ver si el coscorrón me produjo una contusión. Observé el área impactada, pero no encontré hematoma. *Que viejo luzco; sin embargo, Tim murió con cara de niño*. Me miré un rato y deduje que la barba me avejentaba. Tenía junto a mí el pedazo de botella que resistió la caída: del cuello le salía un fragmento de vidrio lo suficientemente largo para usarlo como navaja de afeitar. Recosté el espejo de un arbusto. Con la mano izquierda me agarre un puñado de pelo y lo estiré hacia el frente, entonces agarré lo que quedaba de la botella y comencé a cortarme la barba. Una corriente de aire caliente se fue llevando los pelos que comenzaron a caer al agua. Poco a poco me fui arrancando la repulsiva barba. Jamás, desde el día del atentado, me volví a rasurar. Me di cuenta de que no conservaba el cutis lozano de Tim; el mío lucía con llagas y estaba tostado por el sol. *¡Ay, me corté!* Los pelos se iban haciendo más cortos, lo que me dificultaba extraerlos. Decidí utilizar el pedazo de vidrio como navaja y lo comencé a deslizar por el rostro. Como no compraba espuma ni jabón ni ningún lubricante, se me hacía difícil la afeitada. Cada vez que se desprendía un pelo del poro me producía una hincada. El filo irregular del vidrio empezó a lastimarme la tez. Comencé a sangrar. Me volvió la imagen de Tim, pues cuando veía el cielo me recordaba de su mirada. *Timothy murió a los treinta y tres años; David Koresh sucumbió a la misma edad que crucificaron a Jesucristo. Recuerdo haber leído que el reinado de Alejandro Magno cayó de forma abrupta al morir en Babilonia a los treinta y tres años de edad. Todos los héroes mueren a los treinta y... Yo también tengo esa edad.* Durante mi ensimismamiento, pensando en la coincidencia de las muertes y los natalicios, no me percaté de que me pasaba "la navaja" por el cuello. Como la piel era más sensible en esa parte, las cortaduras se hacían más frecuentes. Me vi en el espejo y advertí el peligro que corría. Oí una voz interior que me dijo: *La yugular, sí, ahí. ¡Córtatela!* Disfruté tentándome la cara cubierta de sangre. No obstante, me empezaron a temblar las manos. El frío que siempre sentía cuando estaba en tensión se apoderó de mí. Recordé las palabras del barbero el día de la tragedia: "¡Hay que degollar al criminal!". Creo que había llegado el momento de aplicarme yo mismo el talionazo: muerte por muerte; si Timothy no existía, quién era yo para seguir con vida. *¡Córtatela! ¡Sí, la yugular!* Se produjo en mí la misma sensación que cuando fui a Monte Carmelo en busca de Jessica: escuché de manera repetitiva unos estruendos de cristales rotos como si fuera una explosión sónica. El ruido era tan fuerte que me provocó soltar el pedazo de vidrio para cubrirme los oídos con las manos ensangrentadas. Cerré los ojos. Entonces se comenzaron a reflejar destellos luminosos. Con un sol radiante, escuchaba truenos y veía rayos como en aquella ocasión. Un celaje salió del lago y corría a toda velocidad entre los árboles. ¿Sería ahora Timothy quien se me revelaría? Un instante después mi interior se estabilizó, pero la voz continuó: *Cobarde, pendejo, ¡el cuello, cuello!* Agarré decidido el vidrio y…

—¡No, Robinson, no lo hagas!

Era el ruego de una mujer. Reconocía su timbre de voz. Me llamaba como todos en Oklahoma; así me conocían los que se interesaban por saber mi nombre. Sí, como el nombre de la avenida que recorría a diario en mis viajes del Myriad al National Memorial, de aquí para allá y de allá para acá. En una rutina interminable. El loco Robinson, el loco de la avenida Robinson. Giré lentamente el cuerpo, las piernas las tenía entumecidas por el rato que llevaba sentado sin cambiar de posición. ¡Era Jessica, mi Jessica! Me rescataba de la fosa de la muerte. Me extrañó la vestimenta que usaba: un traje negro, largo y holgado de manga larga en forma de bata, con una burka que solo dejaba ver sus ojos de rasgos orientales.

—No vale la pena que mueras por él. Recuerda que mató a tu padre.

—¡Jessica!, ¿eres tú? ¿Has regresado para quedarte? —dije haciendo el intento de pararme, tratando de no volver a darme en la cabeza.

—Depende de lo que me puedas ofrecer. Yo no podría vivir en estas condiciones.

—Tengo mucho dinero. Si quieres vámonos de inmediato para Puerto Rico.

—Ni loca me voy para esa isla. Ya sé de tu aventura con la tal Nilka; si no regresé antes, es porque tu corazón estaba fragmentado: Nilka, Timothy, la venganza… Yo no soy mujer para compartir amores.

—¿Dime dónde quieres ir y te complaceré?

—Llévame a Nueva York. Quiero ver a Dan antes de que muera. ¡Pobre hombre!

Estaba tan contento por haber recuperado a Jessica y porque salvó mi vida que quería hacer hasta lo imposible para lograr su felicidad. Le dije que nos fuéramos de ese lugar, que nada me ataba a Oklahoma. Asintió. Me pidió que antes de marcharnos me lavara la cara. Comenzó a arderme cuando vertí agua por mi rostro y cuello para eliminar la sangre. Ella los enjugó con el paño que siempre cubría mi cabeza. Tuve curiosidad por saber qué hizo en estos años.

—Tú no creerás todo lo que me ha pasado. Cuando supe de tu enredo con Nilka me fui muy lejos; ni siquiera sabía dónde me encontraba hasta que un marciano me indicó el planeta. Pero luego los lugares se fueron haciendo más concretos: Hong Kong, Kosovo, Yugoslavia. Hasta fui la asistenta del escritor que recibió el Premio Nobel de Literatura en el 1998. Me pagaba en euros. Me casé con un soldado iraquí que me maltrataba mucho. Imagínate, cuidarle una oveja llamada Dolly. Me convertí a la religión musulmana y viajé a París en una misión. Estando en la Ciudad de las Luces decidí regresar a Estados Unidos y compré un pasaje para viajar en el Concorde. Gracias a Alá que llegué tarde al aeropuerto Charles de Gaulle porque el avión cayó minutos después de despegar. Murieron toda la tripulación y los pasajeros, ciento trece personas en total.

Siguió narrándome todas sus aventuras, las mismas que yo había leído en el kiosco de periódicos a través de los años. Recordé lo que Nilka me reveló. No se lo quise manifestar porque tenía miedo de perderla para siempre.

—Cuando lleguemos a Nueva York —dijo con voz alegre—, tenemos que buscar la forma de vengarnos de la jugarreta que te hizo el gobierno. Si eres iraquí tienes que pensar como ellos.

—Bueno, hoy estamos a once de junio, ya veremos qué pasará de aquí a tres meses —respondí para seguirle la corriente.

La gente me miraba con curiosidad en el jardín y se extrañaba que estuviera hablando con Jessica. Me incliné para cortar una flor y entregársela como cuando compartíamos el durazno en la guarida de Monte Carmelo. Besé los pétalos y luego la puse en sus manos. La rosa cayó al suelo.

**L**UIS ALEJANDRO POLANCO, escritor dominicano. Residió en Puerto Rico por 30 años. Es doctor en Filosofía y Letras del Centro de Estudios Avanzados de Puerto Rico y el Caribe; egresado de la maestría en Creación Literaria de la Universidad del Sagrado Corazón, donde ganó la Medalla Pórtico por su excelencia académica. En el 1986 obtuvo el grado de arquitecto en la Universidad Autónoma de Santo Domingo. Funge como profesor online en la Universidad Ana G. Méndez, Recinto de Carolina, además es el moderador del Taller Virtual Avanzado de Ciudad Seva.

Su libro de cuentos *Rastros de sombra en la arena* y la novela *No habrá primavera en abril* obtuvieron el Premio Medalla de Oro 2017 y 2015 respectivamente, otorgado por la Asociación Internacional de Poetas y Escritores Hispanos. *Rastros de sombra en la arena* se llevó dos premios en el International Latino Book Awards 2017 y *No habrá primavera en abril* logró el segundo lugar en la categoría mejor novela de ficción histórica en el International Latino Book Awards 2015. En 2016, la Universidad Politécnica le otorgó el segundo premio por el cuento "En primera fila" y una mención de honor por el ensayo "Una mirada a la sexualidad y a la identidad sexual en la novela Simone de Eduardo Lalo". En el 2016 y 2017, la Cofradía de Escritores de Puerto Rico le otorgó una mención de honor por sus cuentos "Holy Writ" y "El último beso".

La Semana del Libro Dominicano en Puerto Rico, que se celebró en agosto del 2018, fue dedicada a Polanco. Finalista del Premio INDEX-PR a la Excelencia Dominicana 2018. Varios de sus cuentos están publicados en *Antología de la ciencia ficción puertorriqueña, Pandemia, 2do. Certamen Nacional de Microcuentos José Luis González 2018, Narradores del mundo, Latitud 18.5, Entre libros, Poetas y narradores del mundo* y en las revistas *Identidad*, de la Universidad de Puerto Rico, Recinto Aguadilla; *Revista Le.Tra.S.*, de la Universidad Metropolitana de Bayamón; y en *Aurora Boreal* en Dinamarca. Coautor de la novela colectiva *Nadie descubrirá tus huellas* (2019), junto a otras cuatro escritoras. Su libro de cuento infantil *Jesús y el pollino* se publicó en octubre de 2024.

www.ingramcontent.com/pod-product-compliance
Lightning Source LLC
Chambersburg PA
CBHW070938250626
47159CB00009B/3309

* 9 7 8 0 9 7 9 1 6 5 0 9 2 *